LE DÎNER DE FILLES

PATRICK BESSON

LE DÎNER
DE FILLES

ÉDITIONS DU ROCHER
Jean-Paul Bertrand

© Éditions du Rocher, 1994.
ISBN 2-266-06637-4

— C'est toi ?

— Évident, non ?

— Je me suis dit en entrant : si je vois une fille qui me ressemble, ça sera elle.

— On se ressemble de loin.

— C'est comme ça qu'il regardait les femmes : de loin.

— Je me demandais qui arriverait la première. J'espérais que ce serait l'autre, à cause du document qu'elle nous a promis d'apporter.

— Moi, qui arriverait la dernière. Je pensais que ce serait toi. En ce qui me concerne, j'ai été trop bien élevée pour me pointer en retard où que ce soit, y compris un endroit où je n'ai pas envie de me rendre.

— Ce n'est pas ce qu'il me disait.

— Non seulement il n'était pas à l'heure, mais en plus il n'était pas là.

— Il fallait bien qu'il soit là de temps en temps, sinon vous n'auriez pas pu baiser — et vous baisiez pas mal, à ce que je sais.

— Presque jamais là.

— Pourquoi pensais-tu que j'arriverais la dernière ?

— Parce que tu ne m'as pas l'air d'une fille qui arrive à l'heure.

— Trop mal élevée pour ça ?

— Pas élevée du tout, je dirais.

— Qu'est-ce qui te permet d'affirmer une chose pareille ?

— Ce que je sais de toi.

— Ce que tu sais de moi, c'est lui qui te l'a dit !

— Lui et quelques autres.

— Quels autres ?

— Les types avec lesquels tu as été après lui.

— Tu connais les types avec qui j'ai été après lui ?

— Paris est une petite ville pour des filles comme nous.

— Qu'est-ce qu'elles ont, les filles comme nous ?

— Elles sortent beaucoup.

— De toute façon, je n'ai été avec aucun type après lui.

— Quoi ?

— J'ai fait semblant. J'ai été avec des types, puis avec lui, puis ça a été terminé.

— Et le chirurgien, le promoteur immobilier, l'écrivain, le dentiste, le publicitaire...

— Dépit.

— Quel dépit – puisque c'est toi qui l'avais quitté ?

— C'est mon procès ? Toi aussi tu l'as quitté.

— Toutes les filles l'ont quitté – sauf celle qu'on attend. Elle est la seule, avec sa première femme, qu'il ait quittée. L'humiliation.

— En tout cas, quand il était avec moi, il

n'avait pas l'air de penser que tu étais une fille à l'heure.

— Je me suis mise en quatre pour lui, sans doute parce qu'il ne me plaisait pas. C'était une espèce de sacerdoce. J'avais décidé de l'aimer contre moi-même. C'était à son époque Radio Tour-Eiffel. Il venait juste de débarquer de Nîmes et pesait aux alentours de cent kilos. Pourquoi ai-je donné mes dix-huit ans à ce poussah névrosé et pas aux fils de famille qui me couraient au cul ? Mystère. Complexe d'infériorité, peut-être. J'ai une tante religieuse. Quand je lui ai raconté l'histoire, elle a trouvé ça bien, puis elle a écouté Radio Tour-Eiffel pendant une semaine et elle m'a écrit de le quitter tout de suite. Elle trouvait qu'il n'y avait pas d'amour dans ses émissions. Elle disait que c'était un homme incapable d'aimer et vu la façon dont il m'a traitée, j'ai l'impression que c'est vrai.

— Il était incapable d'amour pour toi, voilà tout.

— Parce que d'amour pour toi, il en était capable ?

— Il n'était même capable que de ça, et moi *idem*. Il aimait une seule personne sur terre et c'était moi. J'aimais une seule personne sur terre et c'était lui. Maintenant, on est dans la merde. Lui, il est un peu moins dans la merde que moi, parce que lui, il est mort.

— J'aurais plutôt cru le contraire.

— De nous deux, c'est moi qui suis la plus à plaindre.

— Tu n'as qu'à te suicider.

— Ça ferait trop de peine à Maman.

— Quand il terminait tard, j'allais le chercher avec la voiture de mon père à la sortie de la radio. La plupart du temps, il ne pouvait pas dîner avec moi parce qu'il devait rentrer chez sa femme. Le trajet Radio Tour-Eiffel-l'appartement de sa femme, je le connais par cœur.

— Elle habitait où, d'ailleurs ?

— Dans le quatorzième. Tu ne le savais pas ?

— Quand il était avec moi, il ne voyait plus sa femme.

— Et sa fille ?

— Rarement.

– C'est pour ça que ça n'a pas marché entre vous : il ne voyait pas assez sa femme et son enfant.

– Avec toi, il les voyait tout le temps et ça n'a pas marché non plus.

– C'était différent : non seulement il n'avait pas quitté sa femme mais en plus il ne lui avait rien dit sur nous.

– Tu as dû en baver.

– Pas tant que ça. Quand il était avec toi, il avait des remords vis-à-vis de sa femme. Avant, quand il était avec moi, il avait des remords vis-à-vis de moi. Il était adorable. Il me couvrait de cadeaux – surtout à partir du moment où il a eu son émission sur RTL. Labro lui a dit : « Tu as quinze jours pour perdre l'accent du Midi. » Une semaine après, c'était monsieur Brun.

– Monsieur Brun ?

– Le Lyonnais de *Marius*.

– Tu as lu ça, toi ?

– Tout le monde a lu Pagnol.

– Il avait l'air de dire que tout le monde l'avait lu – sauf toi.

– Je n'ai jamais eu la prétention d'être une intello – mais je suis loin d'être bête. Je l'ai battu plusieurs fois aux échecs.

– Il jouait comme un pied.

– Tu as joué avec lui ?

– Il me l'a dit.

– En tout cas, j'étais prête à ce qu'il m'apprenne tout, des livres et de la vie. À Nîmes, il avait été animateur culturel, puis il avait fondé un hebdo comme *Pariscope : le Petit Nîmois*. Il connaissait beaucoup de choses. Il n'a jamais rien voulu me dire. Quand sa femme était en vacances ou en week-end, je l'emmenais à la campagne et je le suçais dans la voiture. Il adorait ça – et moi aussi.

– Tu le suçais ?

– Souvent.

– Moi, il refusait.

– Je me souviens de ça : il trouvait que tu suçais mal.

– C'est vrai que je suce mal. Normal : je déteste ça.

– Quand on déteste une chose, on ne peut pas la faire bien. J'ai de splendides souvenirs de fellation avec lui. Avec d'autres aussi, d'ailleurs. Une bouche, c'est à la fois plus sensible et plus habile qu'une chatte.

— Tu me dégoûtes.

— Et puis dans une chatte, tu comprends, il n'y a pas de langue.

— Je vais vomir.

— Je ressens beaucoup plus de choses dans la bouche que dans la chatte... Si la chatte était plus sensible que la bouche, le Bon Dieu nous aurait fait manger par la chatte.

— Tu en as parlé à ta tante religieuse ?

— Par surcroît, une bouche peut avaler le sperme — alors qu'une chatte, non.

— Je quitte la table !

— Ce n'est pas si faux ce qu'il me disait sur toi, finalement.

— Vous parliez de moi souvent ?

— Oui, surtout après votre séparation.

— Tu l'as vu souvent après notre séparation ?

— Deux ou trois fois.

— Il était comment ?

— Bizarre. Il disait qu'il avait envie de

coucher avec moi mais je sentais qu'il n'en avait pas envie. Dès qu'une fille ne lui plaisait pas, il lui proposait de coucher avec lui — et quand ça marchait il était bien embêté. Heureusement pour lui, ça ne marchait presque jamais. Les filles sentent quand on a envie d'elles et surtout quand on n'a pas envie d'elles.

— Ça prouve qu'il n'avait envie que de moi.

— Tu sais bien que non, sinon il aurait couché avec toi quand il revenait te voir.

— De qui il avait envie, alors ?

— D'elle.

— Cette vieille !

— Elle avait son âge.

— C'est ce que je dis.

— Puisque tu avais envie d'un vieux, tu peux comprendre qu'il avait envie d'une vieille.

— Les vieux, c'est plus sexy que les vieilles. Charles Bronson, il est mieux que Madeleine Renaud. Même si j'étais un homme, je préférerais me mettre au lit avec Charles Bronson qu'avec Madeleine Renaud. Pas toi ?

– Ah oui, c'est ça : tu es une puritaine, une classique, une conforme. Tu détestes la fellation. Tu trouves les vieilles pas désirables.

– Toi et lui vous êtes des pervers, ce n'est pas normal que vous ne vous soyez pas entendus.

– On s'est entendus. On ne s'aimait pas mais on s'entendait et je suis sûre qu'on aurait fait un couple formidable.

– Que s'est-il passé ?

– Il était en pleine ascension. Tu as déjà vu la tête d'un type qui escalade une montagne ? Faut pas trop lui en demander. Et moi, j'avais vingt ans. Quelqu'un de vingt ans, il en demande trop. Surtout à quelqu'un de quarante. Voilà pourquoi ça n'a pas marché. D'ailleurs, je ne devrais pas dire ça. Ça a marché – mais ça n'a pas duré.

– Nous, ça a duré mais ça n'a pas marché.

– Ça n'a pas duré beaucoup plus que lui et moi.

– Un an et demi.

– Nous, un an.

– Vous ne viviez pas ensemble. Nous, on

vivait ensemble – et quel ensemble ! Payé par
ma mère, en plus. Maintenant, à Rambouillet,
avec mon nouveau mec, je suis plus heureuse.
Mais pas amoureuse. Peut-être que je ne peux
pas être heureuse et amoureuse en même
temps – ça doit être mon vice.

– J'ai été la première fille pour qui il a
quitté sa femme.

– C'est pour moi qu'il a quitté sa femme !
Il me l'a fait payer assez cher.

– Non : il a quitté sa femme parce qu'il
avait trop souffert de notre rupture. Il a
raconté ça bien dans son interview avec
Michèle Manceaux pour *Marie-Claire* : mon
départ lui a fait un tel choc qu'il s'est juré de
ne plus jamais vivre une chose pareille et donc
de rompre avec sa femme.

– Il n'a pas rompu tout de suite avec elle.
C'est quand il s'est installé dans mon studio de
la rue La Boétie qu'il a vraiment sauté le pas
– si on peut appeler ça un studio.

– Entre-temps, il y a eu l'autre.

– Tu parles : ils sont restés quatre mois
ensemble. Une passade.

— Ils étaient tout de même fiancés, d'après ce qu'elle m'a raconté au téléphone.

— Selon lui, c'était un super-coup.

— Si tu n'étais pas arrivée dans le jeu, il l'aurait épousée.

— Comment voulais-tu qu'il l'épouse, puisqu'il n'était même pas divorcé ?

— Il aurait divorcé. Il a bien fini par divorcer, non ?

— Oui – et pour quoi faire ? Épouser cette vieille pute.

— C'est peut-être une vieille pute mais elle nous a bien baisé la gueule.

— Attends, on n'a pas dit notre dernier mot.

— Nous, non – mais lui, si.

— Elle croit quoi ? Qu'on va se laisser faire ? entuber ? dépouiller ? Elle nous prend pour des connes. Elle va voir que nous n'en sommes pas ! On a des droits, nous aussi. C'est grâce à nous, dans le fond, qu'il l'a épousée. Si on s'y était pas mises à trois, il n'aurait jamais quitté sa femme. Et adieu l'héritage. Alors moi je dis : elle doit partager.

Note bien, je m'en fous du fric. Ça n'a jamais été ma motivation. Quand je l'ai rencontré, il n'avait pas une thune. Son salaire de RTL il en faisait trois parts : une pour ses anciennes dettes, une pour sa femme, une pour le fisc. On vivait pour ainsi dire de l'air du temps. Eh bien, ça ne m'a pas empêchée de tomber amoureuse de lui. C'est vrai que je croyais qu'il était plein aux as – un type qui parle dans le poste, tout de même ! Faut pas oublier que j'ai passé mon enfance à Dakar... – mais quand je me suis rendu compte qu'il m'emmenait toujours dîner au MacDo ou dans les petits indiens du Quartier latin, j'ai compris que la vie ne serait pas rose tous les jours. Mais ça m'était égal. Je l'adorais, tu comprends. Lui et moi, on était la même personne.

– N'empêche qu'au bout d'un an et demi tu l'as lourdé parce que vous habitiez toujours métro Gambetta.

– En plus, c'était Maman qui payait le loyer. Quelle heure est-il ?

– Vingt heures quinze.

– Tu as travaillé à la SNCF ?

19

— Non : à Air France, comme hôtesse.

— Je me doutais que ce n'était pas comme pilote. À la demie, il faudra que j'appelle Maman. Je n'ai pas réussi à l'avoir aujourd'hui.

— Elle vit à Paris ?

— Non : Marseille.

— Ah, tu es de Marseille ! C'est pour ça que tu as lu Pagnol ?

— Écoute : j'ai lu la moitié de la littérature mondiale et pourtant je ne suis pas globe-trotter.

— J'ai vécu à Marseille.

— Quand ?

— En 80, 81. Au moment de *la Boum*. D'ailleurs, j'ai vu *la Boum* à Marseille.

— Tu as vu *la Boum* à Marseille ?

— Oui, pourquoi ? Qu'est-ce que ça a d'extraordinaire ? J'avais onze ans, j'habitais Marseille et j'ai vu *la Boum*... à Marseille. Rien de plus simple.

— Parce que moi aussi j'ai vu *la Boum* à Marseille.

— En quelle année ?

— 80, 81, pareil. J'avais... quoi ? Écoute, ce n'est pas compliqué : j'avais quatorze ans.

— Je me demande quel effet ça m'aurait fait, de voir *la Boum* à quatorze ans.

— Je ne peux pas te dire parce que j'ai passé le film à rouler des pelles à mon voisin. J'ai l'impression que, de toute mon adolescence, je n'ai fait que rouler des pelles. J'adorais ça.

— Les pelles, ça me rase. Avoir une bitte dans la bouche, je trouve que ça a un sens, surtout quand c'est la bitte d'un type qu'on aime. Mais alors ces jeux de langue, là, franchement, quel plaisir on peut y trouver, je me demande.

— Tu n'es pas romantique.

— Exact. Il disait que je n'étais pas une romantique mais une classique. Peut-être parce que ma famille remonte au onzième siècle.

— Ça l'impressionnait beaucoup que ta famille remonte au onzième siècle. À Cintra, il a vu le portrait de ton ancêtre qui a gouverné la citadelle en quatorze cent et quelque. Il est resté devant pendant une demi-heure.

— Comment tu le sais ? Ce n'était pas avec toi qu'il était à Cintra.

— Il m'a raconté. On n'a jamais arrêté de se parler. On ne pouvait pas.

— Avec toi, il était à Faro, non ?

— Non : Vila Nova de Gaia.

— Qu'est-ce que c'est que Vila Nova de Gaia ?

— Une idée à lui. Je me suis drôlement emmerdée à Vila Nova de Gaia.

— Avec qui il était à Faro, déjà ?

— La vieille ?

— Non, avec elle, il est allé à Figueira da Foz.

— Le Portugal, c'est bien, mais il y a trop de vent. À propos, c'est bizarre qu'il ne t'ait jamais emmenée au Portugal.

— Le premier été, notre histoire était à peine commencée – et le deuxième, elle venait juste de se finir.

— C'est bien ce que je dis : vous n'êtes pas restés longtemps ensemble.

— Vous non plus !

— Moi, au moins, il m'a emmenée au Portugal.

— À Vila Nova de Gaia !

— Il y a des plages pas mal.

— Les plages de Vila Nova de Gaia...

— L'ennui, ce sont les églises et les chapelles. Il y en a des tas. On en a vu au moins la moitié.

— Il faisait un retour à la religion, surtout vers la fin.

— Le type qui sent qu'il va mourir, normal qu'il se tourne vers Dieu.

— Moi, Dieu, j'y crois depuis que je suis toute petite. C'est en moi.

— Ton fantasme, ça doit être de faire une pipe au Christ.

— Comment le sais-tu ? Tu imagines, avoir le sperme du fils de Dieu dans la bouche, et l'avaler. C'est quelque chose, ça, comme communion.

— Tu ne vas pas recommencer !

— Il ne m'a peut-être pas emmenée au Portugal mais il m'a emmenée en Suisse et la Suisse ça craint un peu moins que le Portugal.

– C'est vrai que le Portugal ça craint. À RTL, quand Labro ou Assouline lui demandaient où il allait en vacances, il était obligé de dire le Lubéron ou les Seychelles pour ne pas avoir l'air nul – et puis il filait en douce à Orly-Sud. En plus, à Vila Nova de Gaia, on a attrapé un virus dans une piscine : interdiction de baiser pendant un mois. Je ne sais pas si tu te rends bien compte : un mois à Vila Nova de Gaia sans baiser...

– Qu'est-ce que vous faisiez ?

– Lui, il visitait les chapelles. Moi, je bouquinais – ou bien je téléphonais à ma mère. Le soir, on se faisait au porto ou à la margarita. Puis, on dînait sur le port et on se finissait au *vinho verde*. Après, on commençait à s'engueuler comme deux ivrognes sur un banc. C'était bon. Je pleurais. J'aimais pleurer à la fin du repas, sous le regard indigné des serveurs. Il passait pour un monstre, un salaud, une ordure. Ça me plaisait. D'ailleurs, c'est ça qu'il était, non ?

– Un monstre... Il t'a quand même filé sa Rollex.

— Toi, il t'a donné sa Cartier — et elle valait trois fois plus cher.

— Ce n'était pas sa Cartier. C'était la mienne. Il me l'avait offerte au moment de notre rupture, pour que je revienne avec lui. Mais je ne suis pas revenue et je lui ai rendu la montre. Deux ans après, il m'a téléphoné et nous nous sommes vus au Fouquet's. C'était en fin d'après-midi. Je n'avais pas déjeuné. Il a commandé pour moi une salade Fouquet's. J'hésitais entre ça et les club-sandwichs — je ne sais pas si tu es comme moi mais j'adore tout ce qui est club-sandwich, je trouve que ça fait grand hôtel, room-service, pute de luxe, tous mes fantasmes — et finalement j'ai pris la salade. Pendant que j'étais en train de batailler avec les anchois, les tomates, les œufs durs, le thon et je ne sais quoi encore, il a enlevé la montre en or qui brillait — elle brillait, tu comprends, elle brillait vraiment — à son poignet et il me l'a tendue.

— Je ne peux pas entendre ça, c'est pire que l'histoire des pipes.

— ... il me l'a tendue et il m'a dit : « Je te

rends ton cadeau. » Je lui ai demandé pourquoi. Il m'a dit que cette montre ne lui avait jamais appartenu, que je la lui avais prêtée et qu'aujourd'hui il me la rendait. Puis il m'a demandée en mariage.

— C'était quand ?

— Quelques mois avant son mariage avec l'autre.

— Tu as refusé ?

— Non : j'ai accepté. Alors, il m'a demandé de coucher avec lui — et là, j'ai refusé.

— Il a repris la montre ?

— Non. Il m'a dit qu'il attendrait — mais il n'a pas attendu. Quelques semaines avant son mariage, il m'a invitée à dîner et au cours de ce dîner m'a demandé de lui rendre la montre.

— Il avait envie de la porter de nouveau ?

— Non, parce que de toute façon elle le grattait. Il disait qu'il était allergique à Cartier. Et puis, à chaque fois qu'il fallait changer le bracelet, c'est-à-dire tous les ans environ, il était obligé d'aller au service technique de la rue de la Paix et ça l'exaspérait de se retrouver au milieu de putes et de travelos.

— Il avait peut-être besoin d'argent.

— Tu plaisantes ? Il venait de renégocier son contrat avec TF1. Ses arguments, c'était que je ne m'en sortirais jamais avec cette montre, qu'elle était maudite. Je préférais ne pas m'en sortir avec la montre que de m'en sortir sans. De toute façon, je ne vois pas de quoi me sortir. On est dedans et c'est seulement le jour de notre mort qu'on en sort. J'ai refusé de lui rendre la montre et j'ai quitté le restaurant. Mon argument, c'était que les Arabes ne reprenaient pas les cadeaux qu'ils avaient faits à leur poule. Il me dit qu'il n'est pas un Arabe et que je ne suis pas une poule. Puis il s'arrête de marcher. Moi, tu penses, je continue. Je n'avais qu'une hâte : me retrouver chez moi, où je savais qu'il y avait ma *roommate*. Je l'ai entendu crier : D'ailleurs si, je suis un Arabe et tu es une poule ! Puis il s'est mis à courir vers moi. Il venait tout juste de finir sa thalasso au Royal de La Baule et c'était la première fois de sa vie qu'il pesait moins de quatre-vingts kilos, alors il courait tout le temps, il courait de joie en quelque sorte.

– Quand il était enfant il avait voulu faire de la course à pied mais il était trop gros.

– Il a vécu gros et il est mort mince. Quelle cruauté a le destin, parfois. Le jour où il réussit à maigrir, paf, il chope le cancer.

– Finalement, il t'a arraché la montre du poignet ?

– Non, idiote, puisque je la porte en ce moment.

– Je ne suis pas idiote. J'ai une licence de lettres. Il aurait pu te la rendre à un autre moment.

– Il n'y a pas eu d'autre moment. Nous ne nous sommes pas revus et je me demande dans le fond si ce n'est pas ça qu'il voulait et non sa foutue montre qu'il ne pouvait plus porter : qu'on ne se revoie plus. Qu'il y eût une seule possibilité qu'on se revoie empêchait, d'une certaine manière, son mariage.

– C'est toi qu'il voulait épouser, d'abord !

– Quand je lui ai dit que j'étais d'accord, il a compris qu'il n'était pas d'accord, mais comme c'était lui qui avait demandé la chose, il fallait qu'il trouve un moyen de ne pas l'obtenir, et ce moyen ça a été de me faire une scène atroce, obscène, écœurante, abjecte à propos de cette montre. Il m'a rattrapée dans la rue. Il m'a dit qu'il allait porter plainte pour entôlage. Il alerterait tous ses copains journalistes — il en avait un paquet — pour qu'ils me fassent une vie d'enfer — et, tout en me dépêchant vers l'immeuble, je me disais : quelle vie d'enfer veux-tu qu'ils me fassent, personne ne me connaît ! N'empêche, les semaines qui ont suivi, j'ai eu peur. J'ai eu peur jusqu'à ce que j'apprenne sa mort à la radio. J'ai poussé un ouf de soulagement et j'ai pensé : c'est bien fait. C'est seulement après, quand j'ai lu dans la presse qu'il avait beaucoup souffert, que j'ai commencé à le plaindre. Puis je me suis dit : et la montre ? Le certificat de garantie et le reçu de Carte Bleue qu'il gardait dans le but de déposer sa plainte, maintenant c'est sa femme, enfin sa veuve, qui les a ! Elle peut me planter quand elle veut.

— Est-ce qu'elle est au courant, au moins ?

— Elle a remarqué qu'il ne portait plus sa montre. Elle va se demander pourquoi.

— Peut-être qu'il le lui a dit.

— Si c'est le cas, je suis cuite. Elle va porter plainte et me traiter d'entôleuse dans la presse. Je peux dire adieu à mon agence de mannequins.

— Tu montes une agence de mannequins ?

— Enfin, je démarre l'idée. J'ai deux associés. Des hommes. Je ne fais pas confiance aux femmes.

— Tu les trouves voleuses ?

— Hein ? Pourquoi dis-tu ça ?

— Pour rien. Me marrer.

— Cette montre m'appartient. Il me l'a offerte deux fois. Si j'avais été assez avisée pour conserver le bon de garantie, il n'y aurait aucun problème.

— Tu me prends dans ton agence de mannequins ?

— Tu as quel âge ?

— Vingt-six.

— Trop vieille. Il me faut des filles entre dix-sept et vingt ans. Comme me l'ont dit mes associés : On veut de la viande fraîche. Ce ne sera d'ailleurs pas une agence à proprement parler de mannequins, plutôt d'hôtesses.

— C'est vrai que tu as été hôtesse de l'air. Tes filles, elles seront hôtesses de quoi ?

— D'accueil. Dans des congrès, des fêtes d'entreprise, des machins comme ça.

— Des partouzes ?

— Si elles ont envie d'aller à des partouzes, ce n'est pas moi qui les en empêcherai. Je ne suis pas leur mère. Tu cherches du travail ou quoi ?

— Non, merci ; j'en ai un.

— C'est quoi ?

— Attachée de presse.

— Dans quelle branche ?

— L'audiovisuel.

— Quel secteur de l'audiovisuel ?

— La télévision.

— Ah, la télévision.

— C'est le secteur le plus intéressant de l'audiovisuel, je trouve. Enfin, celui où il y a le plus de possibilités.

— De possibilités de quoi ?

— De trouver des mecs !

— Tu travailles pour quelle chaîne ?

— Devine.

— Pas TF1 ?

— Si, ma vieille, TF1.

— Je ne suis pas vieille, moi. Attends, ce travail, c'est lui qui te l'a trouvé ?

— Il y a été pour quelque chose mais pas entièrement. La preuve, c'est que je suis entrée à TF1 il y a quelques mois à peine. On n'était déjà plus ensemble depuis un an et demi.

— Il a été drôlement sympa avec toi.

— Attends, au bout d'un mois, il a essayé de me faire virer. Il ne supportait pas de voir ma figure à chaque fois qu'il descendait à la presse. Il disait que j'étais devenue trop moche mais moi je sais que c'était pour la raison inverse. Il est allé voir Le Lay, Mougeotte. Il les a même menacés de se barrer à Antenne 2. C'était un pote d'Elkabbach. Ils faisaient du golf ensemble. Je crois aussi qu'un jour où Nicole Avril est allée présenter un de ses livres à Nîmes c'est lui qui s'est occupé d'elle et ils se sont bien entendus. Le Lay et Mougeotte l'ont calmé.

Pendant plusieurs jours, j'ai cru que j'étais foutue. Il a laissé un message sur mon répondeur, comme quoi il s'excusait, il avait rappelé ses patrons, tout était arrangé. Il repasse au service de presse. Moi, toute contente, je me précipite vers lui. Je lui demande de me faire un bisou. Il me regarde longuement, puis me tourne le dos et va, à l'autre bout du service, consulter la presse pour sa dernière émission, tu sais, le spécial *Stars et Amours impossibles d'antan*.

— Non, je ne sais pas. Je ne regarde pas la télévision. Je suis dehors tous les soirs — et quand je ne sors pas, j'en profite pour pioncer.

— Moi non plus je ne regarde pas la télévision mais depuis que je bosse à TF1 je suis un peu obligée de jeter un coup d'œil dessus de temps en temps. Bref, je le suis à l'autre bout du service. Pas pu m'en empêcher. C'est comme si on était attachés l'un à l'autre par un fil. Je crois que ce type et moi on était faits, bâtis, construits l'un pour l'autre et que maintenant ma vie ne sera plus rien. Et tu vois, son cancer, c'est un peu comme si lui aussi avait su ça et qu'il n'avait pas supporté de vivre en sachant ça. Moi aussi j'aimerais bien avoir le cancer. D'autant qu'à TF1 ils n'arrêtent pas avec la rediffusion de ses émissions. Il se retourne et dit qu'il ne veut plus jamais me voir, ni me parler, que je ressemble à une femme de cardiologue avec mes joues creuses, mes cheveux courts et frisés, mes collants noirs. Le soir, il laisse sur mon répondeur un message de haine pure.

— Il voulait commettre l'irréparable, comme avec moi.

— On se parlait par répondeurs interposés depuis six mois, parce que lui il vivait chez sa vioque et moi chez mon mec mais on avait tous les deux laissé notre répondeur allumé dans nos anciens appartements respectifs — et pourquoi, à ton avis ?

— Pour rester en contact.

— Oui. On était séparés depuis deux ans — mais il fallait qu'on reste en contact. Tu appelles ça comment ?

— De l'amour.

— C'était de l'amour, tu crois ?

— Ça te fait tellement plaisir de le penser.

— Sur le répondeur, il m'agonit d'insultes, comme quoi si je continue de le provoquer il me fait virer de TF1. Il m'annonce que notre histoire est bel et bien terminée et s'il le dit avec tant de hargne c'est quand même parce que ce n'est pas vrai, ça ne peut pas être vrai. Il conçoit — me dit-il — que j'aie besoin de travailler mais si je gêne en quoi que ce soit son travail à lui il n'hésitera pas une seconde à exiger de nouveau mon départ et cette fois-ci il est persuadé d'y parvenir. Aussitôt je l'ai appelé. J'ai eu son répondeur, comme d'habitude. Je lui ai dit que je ne l'avais pas provoqué, que j'avais juste voulu être gentille avec lui. Nos répondeurs, après ce jour, ne se sont plus jamais reparlé. Moi, je me suis tenue à carreau, je ne voulais pas perdre un job que j'avais mis plus de deux ans à trouver. J'ai appris son mariage, la naissance de son enfant et sa mort par la presse. Parfois, je le voyais de loin à la chaîne. Je me dépêchais de disparaître dans les couloirs. Peut-être avait-il envie que je fasse le contraire, mais je ne voulais prendre aucun risque. Maintenant c'est fini. Je n'ai plus à l'éviter. Assise à mon bureau, je n'ai pas peur quand la porte s'ouvre. Ça me manque.

— Tu l'as rencontré comment ?

— À un cocktail de RTL. Et toi ?

— À un cocktail de Radio Tour-Eiffel. Beaucoup moins chic, j'imagine.

— Il me dit son nom. Je réponds : *Unidentified flying object*. Ces types de la radio, ils croient que tout le monde les connaît — alors que tout le monde n'écoute pas la radio. Avant de le rencontrer, je n'avais tout simplement jamais écouté RTL. À Dakar, c'était RFI — ou les radios locales. Quand on a quitté l'Afrique et que nous nous sommes installés à Marseille avec mes parents, ça a été RMC — et quand je suis venue faire mes études de lettres à Paris, je me suis fixée sur NRJ et n'en ai plus bougé. Mon époque auditrice de RTL a commencé avec lui et s'est terminée avec lui. Je n'ai jamais osé lui avouer que les *Grosses Têtes* me faisaient rire. Pour lui, ce n'était pas de la radio — mais pour moi il n'y avait pas de concept de radio, si tu vois ce que je veux dire.

— Je vois.

— Tu vois ce que je veux dire ?

— Oui. D'ailleurs c'est bête cette expression « voir ce qu'on veut dire ». Quand on veut dire quelque chose, il n'y a rien à voir.

— Les Anglais disent bien « *Look* » pour « Écoute ».

— À l'école, j'ai fait allemand et espagnol, résultat, je ne comprends rien aux chansons de Peter Gabriel.

— Et tu comprends le sens du mot « concept » ?

— Oui.

— Ça signifie quoi, sans indiscrétion ?

— On n'est pas en classe.

— Excuse-moi : j'ai fait six mois d'enseignement dans le privé et depuis j'ai tendance à me prendre pour une prof.

— Pourquoi tu as arrêté ?

— Les élèves bandaient trop en me voyant.

— Ça te gênait ?

— Non. J'ai l'habitude. Mais eux, un peu — et leurs parents, énormément. On m'appelait la Michelle Pfeiffer du cours.

— Tu ne ressembles pas du tout à Michelle Pfeiffer. Tu me fais plutôt penser à Sophia Loren jeune. Une espèce de grande chose ébahie et sexe. En plus, vous avez la même taille, les mêmes hanches. Un air de biche transie et pétocharde.

— Tu ne veux pas de Sophia Loren dans ton agence ?

— Trop vieille, je te dis. Trouve-toi un Carlo Ponti.

— Je cherche. Des petits gros chauves aux mains baladeuses, il y en a plein. Des petits gros chauves aux mains baladeuses et qui feraient de moi une star, ça ne court pas les cocktails.

— Il t'a paru comment, la première fois, au cocktail de RTL ?

— Je ne sais pas. Grand. J'avais sniffé de l'héro dans les chiottes et j'en étais à ma quatrième ou cinquième coupe de champagne. J'étais raide.

— Tu faisais quoi à ce cocktail ?

— Je bossais.

— Serveuse ?

— Si j'avais bossé comme serveuse, je ne me serais pas défoncée. Réfléchis.

— Tu étais quoi alors ?

— Attachée de presse.

— Du cocktail ?

— Non : du *Figaro*.

— Tu y étais entrée comment ?

— Toujours de la même manière : couché avec le patron.

— Hersant ?

— Plus haut.

— Plus haut qu'Hersant ?

— C'est tellement haut que je ne peux pas dire le nom.

— Lagardère ?

— Lagardère c'est le patron de Matra.

— *Le Figaro* ce n'est pas Matra ?

— Pas du tout. Avant de faire la communication de ton agence, passe-moi un coup de fil, ça t'évitera d'accumuler les bourdes. Matra, c'est Hachette, *le Figaro* ce n'est pas Hachette. *Le Figaro*, c'est *le Figaro*. *You get it ?*

— Quoi ?

— Laisse tomber. Et toi, au cocktail de Radio Tour-Eiffel, il t'a paru comment ?

— Blanc.

— Oui, c'est ça, c'était un grand Blanc.

— Il m'a rappelée le lendemain.

— Non seulement il ne m'a pas rappelée, mais au cocktail suivant — à RTL ils font beaucoup de cocktails, c'est ça les radios riches — il est venu avec une fille. Une journaliste de France-Cu.

— France-Cu ?

— France-Culture. Elle lui arrivait bien au-dessous de l'épaule. Pas à la taille mais pas beaucoup plus haut. On aurait dit qu'elle avait neuf ans. J'étais furieuse. J'avais l'impression qu'il s'affichait avec une fille imbaisable pour mieux m'humilier.

— Pourquoi aurait-il voulu t'humilier ?

— Parce que la dernière fois c'était moi qui l'avais humilié.

— Au deuxième cocktail, il t'a plu ?

— Énorme. J'ai su que c'était lui et personne d'autre, que ce serait lui et personne d'autre. On formait un couple essentiel, fondamental, ontologique. Je l'ai compris en regardant les photos du premier cocktail. On était loin l'un de l'autre et pourtant on était la même personne. Je n'avais qu'une hâte : le revoir, le séduire, partir avec lui, vivre avec lui, vieillir avec lui, mourir avec lui.

— Tu n'avais personne à ce moment-là ?

— Si : un chef de service. Sans intérêt.

— Quel service ?

— Sans intérêt, je te dis. Et lui, qu'est-ce qu'il fait ? Au cocktail suivant, il se pointe avec une journaliste imbaisable de France-Cu.

— Tu as réagi comment ?

— Classe. La fille qui ne se rend compte de rien.

— Lui ?

— Immonde. Au buffet, il me dit : « Ah ! non, pas elle. » Puis il me tourne le dos.

— Ça commençait mal.

— Je ne l'ai pas revu de tout l'été.

— Forcément, c'est l'été qu'il a passé avec l'autre.

— Sa vioque ?

— Non : la fille qu'on attend.

— Elle ne commencerait pas à être en retard, du reste ?

— Peut-être ne va-t-elle pas venir.

— Ça ne serait pas plus mal. Le printemps dernier, au MIP TV, elle est passée derrière moi et m'a tiré les cheveux.

— Fort ?

— Aussi fort qu'elle a pu, vu le mal que ça m'a fait.

— Tu es sûre que c'est elle ?

— Oui. Je me suis renseignée. Il y a un producteur australien qui assistait à la scène. Forcément, il me regardait le cul depuis une demi-heure, rien ne lui a échappé. Après, on a dîné ensemble au Moulin de Mougins. Il m'a emmenée au Martinez et il m'a sautée. Ça ne m'a rien fait. Trop petite queue.

— Quand as-tu couché pour la première fois avec lui ?

— À son retour du Portugal.

— Il l'a emmenée au Portugal, elle aussi.

— Ribeira... Matosinhos... Sagres...

— De toute façon, elle nous le dira elle-même.

— Elle nous le dira — ou elle nous foutra son poing sur la gueule. Avec elle, pas de demi-mesure.

— Comment se sont passées vos retrouvailles ?

— Je lui ai téléphoné pour une raison professionnelle et il m'a dit qu'il avait pensé à moi tout l'été.

— Sympa pour sa copine.

— Je ne te conseille pas de lui répéter ce genre de truc. Ça pourrait t'envoyer à l'hosto.

— Violente ?

— Pourquoi crois-tu que nous sommes restés trois semaines à Lübeck ?

— Pour baiser.

— On était aussi bien à Paris pour baiser. En plus, la nourriture est meilleure. Au début, il avait tellement peur d'elle qu'il voulait s'installer à Lübeck. On a même cherché un studio. Tu nous imagines tous les deux dans un studio à Lübeck pendant des années ?

— Je ne sais même pas où c'est, moi, Lübeck.

— Remarque, j'ai été heureuse là-bas. Je

crois même que je n'ai jamais été aussi heureuse. À Dakar, je n'ai pas été aussi heureuse qu'à Lübeck – et pourtant Dieu sait si j'ai aimé l'Afrique. À la fin, quand ça n'allait plus du tout entre nous, je voulais qu'on vive au Sénégal. Je suis sûre que ça aurait sauvé notre amour. Il n'a pas voulu. Il pensait que notre amour ne pouvait pas être sauvé, ou bien qu'il n'y avait plus d'amour, ou alors il avait envie que cet amour s'arrête – par mépris du bonheur, mépris de la vie, mépris de l'amour, est-ce que je sais ?

– Pourquoi Lübeck, d'ailleurs ?

– Une conférence franco-allemande sur l'audiovisuel. Il n'aurait pas dû être là mais il avait un copain de Nîmes – qui travaille maintenant sur Arte – dans l'organisation.

– Pourquoi êtes-vous rentrés ?

– Labro a piqué une crise. En sortant de l'aéroport, je ne donnais pas cher de ma peau. J'essayais de me raisonner en me disant : « Ma pauvre vieille, tu t'es fait bourrer pendant trois semaines par une star de la radio... »

– Trois semaines !

– À Lübeck.

– C'est comment, Lübeck ?

– Je ne sais pas. Il y a des rues, des maisons, des gens. C'est la plus belle ville du monde. Je n'y retournerai jamais. Si je revois un jour la façade de notre hôtel à Lübeck, je meurs.

– Vous aviez une jolie chambre ?

– Non. Minuscule. On s'y était pris trop tard. C'est fou le nombre de gens qui viennent à Lübeck.

– Où c'est ?

– En Allemagne ou en Autriche. Ça l'a pris à la sortie du Récamier. J'étais stone : héro plus Lexomil plus champagne. Je tenais à peine sur mes jambes. On a sauté dans un taxi, direction l'aéroport. Lui, il n'était pas stone, seulement bourré. On est montés dans l'avion avec *le Monde diplomatique* pour seul bagage. Il fallait toujours qu'il achète *le Monde diplomatique*. Il était emmerdant pour ça. *Le Monde diplomatique* et une brosse à dents. Je voulais en acheter une deuxième mais il m'a dit que ça nous encombrerait. Au retour, je m'attendais à ce qu'il me lourde. C'est sa femme qu'il a lourdée. Il a rappliqué avec une valise rue La Boétie et trois mois plus tard on a emménagé à Gambetta, tout ça aux frais de Maman. Elle enrageait, à Marseille. Non seulement je me tapais un vieux, en plus il n'avait pas un rond ! Selon elle, il ne m'épouserait jamais. La seule chose à laquelle il pensait, c'était profiter de ma jeunesse. Il en a, effectivement, profité au rythme de deux ou trois fois par jour ! On avait dit que pour notre millième coup on ferait une fête, on inviterait tout RTL, tout *le Figaro* – mais on a arrêté de compter vers cent, cent un. Dommage.

— On ne faisait presque jamais l'amour. En Suisse, un peu plus. Il n'y avait tellement rien à faire. C'était en novembre. Ouchy, tu connais ?

— Non.

— C'est romantique, surtout hors saison. Il m'a prise à la fenêtre, en regardant le lac. Et mon dos. Il adorait mon dos.

— Oui, le dos, c'était son grand truc. Avec les huîtres. Le dos et les huîtres.

— Les tomates. Il lui fallait des tomates tous les jours.

— Maroc, Tunisie, Espagne, Crète — il connaissait toutes les provenances, les spécialités, les variétés. Ses préférées, c'étaient les tomates du Portugal. Le problème, c'est qu'on n'en mange qu'au Portugal — mais alors qu'est-ce qu'on en mange !

— Il ne m'a jamais emmenée au Portugal.

— Tu es un cas. La seule fille qu'il n'a pas emmenée au Portugal. Tu vas entrer dans le livre des records.

— C'est bien, le Portugal ?

— Bof ! Les plages ne sont pas très potables et les hôtels sont impossibles. Quant à la cuisine... Ça fait deux mille ans que les Portugais font cuire la morue de la même manière. Ils ne se lassent pas. J'aurais préféré la Suisse.

— Après, nous sommes descendus sur les lacs italiens.

— C'était sympa ?

— Oui — sauf qu'il appelait sa femme deux fois par jour.

— Je n'ai pas connu cette période. Ça devait être pénible.

— Humiliant, surtout.

— Moi, ce qui m'humilie m'est pénible.

— Il avait raconté à sa femme qu'il était en reportage à Moscou. Tous les soirs, il lui décrivait la situation politique.

— D'où *le Monde diplomatique*.

— Ça l'aidait un peu. Ou alors, il improvisait. Ce qui m'amusait, c'était le sucer pendant qu'il avait sa femme au téléphone.

— C'est arrivé souvent ?

— Une fois.

— Il a joui ?

— Non.

— Moi, non seulement il ne voulait pas que je le suce, mais il ne voulait pas me sucer non plus. Il disait que j'étais acide et que c'était parce que je prenais trop de médicaments.

— Tu prenais trop de médicaments ?

— Lexomil et Ferxex, en alternance — plus quelques somnifères. Sur la table de nuit, il y avait un sac en plastique plein de boîtes de médicaments mais pour la plupart c'étaient de vieux trucs que je n'utilisais plus.

— Il m'a parlé de ce sac. Tous les soirs, il regardait ce sac et il pensait qu'il devait te quitter.

— J'aurais dû le ranger ailleurs. Je me suis fait sucer par un tas de types dans ma vie et aucun ne m'a jamais trouvée acide. Mon nouveau mec, le publicitaire, tu sais la pub pour les pâtes Barilla avec Depardieu, c'est lui qui l'a écrite, il me suce tous les soirs et ça lui plaît.

— S'il te trouvait acide, c'est peut-être que vous n'étiez pas faits l'un pour l'autre.

— Si on n'était pas faits l'un pour l'autre, pourquoi on n'arrivait pas à s'oublier ?

— Parce que vous n'oubliez personne. Vous êtes tellement narcissiques tous les deux que le moindre événement de votre vie prend valeur d'exemple, de symbole, d'œuvre — et de ce fait devient inoubliable.

— J'ai oublié un tas de types.

— Tu n'as oublié personne. En tout cas, tu n'as pas oublié qu'ils aimaient te sucer.

— Tu as raison : je n'oublie personne. Je me balade avec le souvenir de tous mes mecs. Ils sont à la queue leu leu – si j'ose dire – dans ma mémoire et lui c'est le dernier de la queue.

— Il y en a eu six ou sept depuis.

— Tu vois que je les ai oubliés.

— Normal : parmi eux, il n'y a aucune vedette de la télé.

— C'est chiant d'avoir été avec une vedette de la télé. On le voit partout. Remarque, il est mort.

— Oui : il est difficile de faire mieux. On peut dire qu'il a été coopérant.

— Quand ils arrêteront toutes leurs rediffusions, peut-être me calmerai-je. Il fait encore plus d'audimat mort que vivant. Et puis voir régulièrement sa tête à la une de *Paris-Match* ou de *Télé 7 Jours*, ce n'est pas fait pour arranger les choses. Surtout quand il est avec sa femme.

— J'espère qu'elle ne va pas me faire plonger, celle-là.

— Tu penses encore à la montre ?

— Elle est belle, tu ne trouves pas ?

— Elle est voyante.

— Les aristos aiment ce qui se voit. Mes ancêtres avaient des bijoux bien plus gros que celui-là. Ils avaient mauvais goût. Le bon goût, c'est bourgeois. Cette montre est lourde, chère, vulgaire : c'est pour ça que je l'aime. Je n'ai pas besoin d'avoir de la distinction au poignet car j'en ai dans mon arbre généalogique.

— Moi, mon arrière-grand-mère a posé pour Toulouse-Lautrec. C'était un modèle, autrement dit une pute.

— Putes et aristos : les deux plus vieux métiers du monde.

— Depuis qu'il est mort, on ne voit que lui. C'est pareil avec les écrivains. Dès que l'un d'eux meurt, il publie plein de livres. Perec, par exemple. Du jour où il a été enterré au cimetière, il a bossé comme une brute. Les morts, ils ont du pot : ils ne chôment pas. Deux ou trois livres par an, il fait maintenant, Perec. Nabokov, *idem*. Il a sorti au moins dix ouvrages depuis sa mort. Des correspondances, des cours de littérature, des pièces de théâtre. Le pire, c'est Hervé Guibert. Il en pond un presque tous les mois. Il n'arrête pas.

— Tu ne m'as pas dit pourquoi tu l'avais quitté.

— Il ne m'aimait plus.

— On quitte les gens qu'on n'aime plus, pas les gens qui ne nous aiment plus.

— Je ne supporte pas qu'on ne m'aime plus. Dans les soirées, il draguait toutes les filles sauf moi. Il me disait que s'il les draguait c'était parce qu'il n'avait pas envie d'elles. S'il avait eu envie d'elles, il ne les aurait pas regardées. Il disait qu'il vivait une telle extase avec moi qu'il n'avait plus besoin de me parler, de me regarder, d'être avec moi — puisqu'il était moi, en moi, par moi. C'est sans doute pour ça qu'il a eu si mal quand je l'ai quitté.

— Résultat, deux ans après il épouse la pétasse, et nous on est marron.

— L'homme que j'écoutais à la radio dans *Parlons-en* et l'homme qui rentrait le soir à Gambetta n'étaient plus la même personne. J'avais l'impression qu'il donnait tout à ses auditeurs et rien à moi. Il s'était absenté de notre vie. Notre couple l'avait en quelque sorte avalé. Je me retrouvais seule sans être libre. Il me retenait sans me tenir. Je ne savais pas quoi faire. J'avais quitté *le Figaro*. Je prenais des médicaments. Je roupillais. Je devenais une souillon. Il ne râlait même pas. J'aurais aimé qu'il me reproche quelque chose. Ça m'aurait prouvé qu'il tenait à moi. Il rentrait, il posait son porte-documents, il se servait du rhum et il ouvrait *le Monde diplomatique*, ou *les Échos*, ou *VSD*. Vers huit heures, il sortait de la chambre et je lui demandais s'il avait faim. Il me disait que non. Le rhum, ça nourrit. C'est pour ça que les Antillais en boivent. Vers minuit, il s'écroulait sur le lit et se mettait à ronfler. Moi, j'aime beaucoup les gros. Ça m'excite. J'adore l'idée d'un type qui s'est laissé aller. Le problème des gros, c'est qu'ils ronflent. Quand tu te fais un type de plus de quatre-vingt-dix kilos, la première chose que tu dois acheter c'est des boules Quies.

— Tu l'as quitté parce qu'il ronflait ?

— Je l'ai quitté parce qu'il ne m'aimait plus, puisqu'il ronflait. Un soir, il rentre à la maison sans *le Monde diplomatique*. Je me dis : il se l'est fait gauler au bureau, il va être d'une humeur de chien. Il s'assoit et ne me demande pas de rhum. Je m'approche de lui pour le renifler. Il pue la vodka. Il me dit que nos ennuis sont terminés. Sa femme accepte le divorce ? Ça, c'est un autre problème. De toute façon, sa femme accepte le divorce, c'est lui qui n'accepte pas le prix du divorce. Il est hors de question, dit-il, que nous vivions dans la misère. Mais nous vivons déjà dans la misère ! je proteste. Gambetta, qu'est-ce qu'il lui faut ! Pas de week-ends, pas de vacances. On accepte toutes les invitations à dîner parce qu'on n'a pas de quoi bouffer. Tu sais que nous sommes allés au Festival du cinéma de Belfort en plein hiver parce que le trajet, l'hôtel et les repas étaient payés ? Belfort, je ne sais pas si tu te rends compte !

— Non. Quand je l'ai connu, il était plein aux as.

— Je suis punie. J'ai dû faire un truc sale dans une vie antérieure. Qu'est-ce qu'on a eu d'autre comme plans crades ? Ah oui : le

Festival de La Baule. C'était le printemps. Quatre jours gratuits à l'Hôtel Royal, nourriture et boissons comprises. On arrive à Orly-Ouest. Au stand Air Inter, il n'y avait pas de billets réservés pour nous. Tu crois qu'il en aurait acheté deux ? Trop cher. Alors qu'on l'aurait remboursé à l'arrivée, c'est sûr. Trop cher pour deux heures. On est rentrés à Paris.

— Moi, il me payait l'avion sans arrêt.

— Sais-tu qui il y avait, ce week-end-là, à La Baule ? Sean Connery.

— Aïe.

— Peut-être que c'est ce jour-là, dans le taxi qui nous ramenait à Gambetta, que j'ai décidé de le quitter. Et je l'ai quitté le lendemain du soir où il m'a dit que nos ennuis étaient terminés. Il rentrait à TF1. Cent cinquante mille francs mensuels, plus les primes, les avantages, les invitations. Il divorcerait, on déménagerait, on partirait en vacances. Ça m'a déprimée.

— Tu ne sais pas ce que tu veux. Quinze plaques pour toi, c'était la bulle.

— Je m'étais mis en tête qu'il avait couché

avec Corinne Bouygues et je l'ai fait chier avec ça la moitié de la nuit. Le lendemain matin, on va acheter des fringues avenue Montaigne. Ça faisait six mois qu'il portait le même costume Saint Laurent, la même chemise Brook Brothers, les mêmes Weston. Il était tout chiffonné. Il ramène pour deux briques de vêtements et moi, il ne m'achète rien.

— Maladroit de sa part.

— À midi, on déjeune à l'Hippopotamus des Grands Boulevards. Il voulait aller dans un restaurant indien mais j'ai mis mon veto.

— Les restaurants indiens, ras le bol !

— On est rentrés à la maison en bus. L'habitude. Je me suis dit : qu'est-ce que je fais à vingt-trois ans dans un bus avec un type de quarante balais qui vient d'entrer à TF1 et ne m'a même pas offert de robe ? En descendant du bus, je lui ai dit que le lendemain soir j'organisais une soirée entre filles et que je ne souhaitais pas qu'il se pointe même par hasard, même pour rire. Il me dit que le meilleur moyen pour qu'il ne vienne pas à ma fête c'était qu'il me rende ma clé – et il m'a rendu ma clé.

– C'est lui qui t'a rendu ta clé ?

– Il l'a sortie de son porte-clés et me l'a tendue avec le petit sourire triste du mec persuadé de faire chier le monde et j'ai pris la clé en me disant que c'était lui qui allait en chier pendant les prochains mois. J'ai serré la clé dans ma main et je me suis dépêchée de rentrer dans l'appartement sous prétexte que j'attendais un coup de téléphone de ma mère, et comme j'attends toujours un coup de téléphone de ma mère ça ne lui a pas paru bizarre. À la maison, j'ai fermé la porte à double tour derrière moi, j'ai mis un compact de Vanessa Paradis et je me suis mise à danser, danser. J'ai appelé deux copines et quelques copains et le lendemain on a fait une fête à tout casser puis je me suis mise avec un chirurgien. Lui, il m'a laissé des messages pendant une semaine, des messages coléreux, rageurs, attendris. Toute la gamme. Il était bon au répondeur. Le répondeur, c'est de la radio. J'ai failli craquer deux autres fois mais j'ai tenu bon grâce à mes

copines et à ma mère. Les copines, maintenant, je suis fâchée avec — mais comment
veux-tu que je me fâche avec ma mère ? Je n'ai
qu'elle au monde. Mon père est mort et je suis
brouillée avec le reste de la famille. Au bout
d'une semaine, on a une explication décisive
au téléphone. Il a l'air soulagé. Les gens,
quand tu leur annonces qu'ils vont mourir, ils
ont toujours l'air soulagés, parce que la vie ce
n'est pas marrant, mais peu à peu ils compren-
nent que la mort c'est pire et ils commencent
à gueuler. Le tout est de partir avant qu'ils
commencent à gueuler. Un mois plus tard, ça
bat de l'aile avec mon chirurgien. Je l'épuisais
tellement au pieu que le matin il mettait des
chaussettes de couleurs différentes et son chef
de clinique commençait à en avoir ras le bol.
La première chose que je lui ai demandée c'est
si je suçais mal et il m'a dit que non, je suçais
bien. Ça m'a rassurée.

— Alors, tu suces bien ou mal ?

— Tous les mecs sauf lui ont trouvé que je
suçais bien.

— Alors arrête de dire que tu suces mal.

— J'ai toujours tendance à me dénigrer.

— Les hommes, ils sont champions pour nous faire perdre confiance en nous.

— Je te jure qu'après lui j'ai mis au moins quinze jours avant d'oser prendre une bitte dans la bouche.

— Un mec nous dit un truc et on est paralysées.

— Le chirurgien voulait que je porte des Petit Bateau alors que tout ce que j'avais en magasin c'étaient les strings et les culottes fendues que l'autre m'avait offerts depuis deux ans. Plus de bas ni de porte-jarretelles : des collants ou des chaussettes. Les chaussettes, je n'ai jamais pu. Il ne faut pas pousser. C'est Maman qui a financé ma nouvelle garde-robe. Je croyais que le chirurgien prendrait la relève, mais il se contentait de me dire : Cette jupe est trop courte, pourquoi portes-tu des chaussures de pute, tu vas m'enlever ce soutien-gorge rouge tout de suite et en mettre un blanc, etc...

— Agréable.

— Et moi, je ne voyais toujours pas arriver

la thune. Au bout de deux semaines, Maman et moi on était ruinées et je n'aimais plus du tout ce type. En plus, il m'accusait de me tenir mal. On peut dire ce qu'on veut de moi mais je me tiens super bien. À quatre ans, je découpais mon poisson toute seule. Dans les restaurants les maîtres d'hôtel me prenaient en photo. J'étais une vedette. Avec mon père, pas question de mettre les coudes sur la table ou de finir sa soupe en soulevant l'assiette. C'était la mandale assurée. Les bonnes manières, je les connais par cœur. Je peux tenir ma place dans tous les milieux surtout les bons. Même chez les prolos, je fais bonne figure. Du coup, je l'ai rappelé. Il me donne rendez-vous dans un hôtel. Bon, j'y vais. Dès que je suis dans la chambre, il sort la bitte. Je lui dis de ranger ça. Il me dit qu'il n'a pas fait l'amour depuis quinze jours. Je lui demande de me faire entrer à TF1. Il le fera si je couche avec lui. Je refuse. Il m'aurait prise pour une pute si j'avais accepté, non ?

— Peut-être qu'il te l'a proposé comme ça exprès pour que tu refuses ?

— Ah oui, je n'y avais pas pensé. D'ailleurs si, j'y ai pensé, mais je n'y ai pas cru. Il faut dire qu'il bandait tellement. Je ne l'avais pas vu bander comme ça depuis un bon moment. Le rhum, aussi, ça ramollit. En fin de compte, on s'est engueulés, puis on s'est battus. Le lendemain, je me rends compte que je suis enceinte.

— Pas de lui ?

— Non, puisqu'on n'avait rien fait et de toute façon ça aurait été trop tôt. Du chirurgien.

— Tu le lui as dit ?

— Non. Il aurait cru que je voulais le piéger.

— Tu ne prenais pas la pilule ?

— Non. Capote. Avec le sida, c'est bien : plus besoin de pilule. C'est le mec qui s'emmerde à enfiler ce truc et nous, peinardes.

— Pour moi qui aime sucer, ce n'est pas agréable.

— Tu suces avec la capote, toi ?

— Oui, quand je ne connais pas le type.

— Tu suces souvent des types que tu ne connais pas ?

— Ça m'arrive. Sous Ecstasy, ça peut être bien.

— En tout cas, c'est une bonne chose qu'on ne prenne plus la pilule. La pilule, c'est chimique. C'est de la pollution. Ce n'est pas écologique.

— Le chirurgien, il a réagi comment ?

— Je ne lui ai rien dit. Il aurait cru que je voulais le piéger. Il était là quand la capote a craqué mais tu connais les mecs : il aurait trouvé le moyen de me reprocher de ne pas être allée me laver assez vite. C'est vrai que je me suis pas affolée. Moi, tu comprends, Dakar, l'Afrique, quand j'ai joui, c'est plus fort que moi, je somnole. Aller me mettre tout de suite de l'eau froide...

— Pourquoi de l'eau froide ?

— On avait une panne de chauffe-eau. Enfin, il avait une panne de chauffe-eau. Puisqu'on était chez lui.

— Il était bien installé ?

— Pas mal. Sans comparaison avec Gambetta.

— Combien de pièces ?

— Trois.

— Un chirurgien, trois pièces ?

— Attention : boulevard Malesherbes.

— Tout de même... trois pièces... un chirurgien...

— Ce n'est pas un vieux chirurgien.

— Ah bon ? Moi, je l'imaginais vieux.

— Il avait vingt-six ans.

— Il était jeune !

— Trois pièces boulevard Malesherbes à vingt-six ans, ce n'est pas mal, tout de même. Pas d'ex-femme, pas de pension alimentaire, pas de retard d'impôts. Au moins, la situation était saine. C'est ce que je disais à ma mère au téléphone.

— Elle pensait que tu devais l'épouser ?

— Elle le trouvait trop jeune pour moi, pas assez mûr. Elle dit que j'ai besoin d'un homme plus vieux, qui sache me tenir — et quand j'en trouve un elle me dit : Tu ne vas tout de même pas offrir ta jeunesse à un vieux saligaud ?

— Alors, ça n'a pas collé avec le chirurgien ?

— Ben non. J'étais encore trop habitée par l'autre. Je n'arrivais pas à jouir vraiment bien.

Dans le fond, le chirurgien me détestait. Il me trouvait dégueulasse. Ça me faisait rire. Globalement dégueulasse, il disait. Je ne voyais vraiment pas en quoi. De toute façon, ce type ne tournait pas rond. Après lui, je me suis fait quoi ? Le type qui a construit la moitié de la côte normande dans les années soixante-dix. Il avait trois gardes du corps. À sa place, moi aussi j'aurais eu peur. Le Normand, c'est rancunier. Lui, quand il me baisait, il fallait que je lui raconte comment je broutais sa femme.

— Il était marié ?

— Oui.

— Et tu broutais sa femme ?

— Non. Il n'a même jamais osé lui en parler. C'était une des héritières Nestlé.

— Je ne vois pas le rapport.

— Lis *la Tribune Desfossés* et tu verras le rapport.

— Qu'est-ce que tu lui racontais ?

— Rien. Des conneries. Moi, je ne suis pas du tout gouine. C'est surtout lui qui fantasmait. Tu lui mets la langue ? Oui, je lui mets la langue. Et tu la mets où, la langue ? Ben, dans l'oreille. Ah non, l'oreille, ça n'allait pas. Il se serait fâché ! Alors le nombril. Non, non, on dit que tu lui mordilles les seins. Ah oui, oui, oui, tu lui mordilles les seins et avec le bout de la langue tu les caresses sans arrêter de les mordiller.

— Arrête, ça m'excite.

— Tu es gouine ?

— Non, mais j'adore qu'on me mordille les seins tout en les caressant avec la langue.

— Moi, ce que j'aime, c'est me foutre à quatre pattes et me faire bourrer. J'ai essayé plein de trucs mais c'est encore ça que je préfère. La simplicité. L'Afrique.

— Ça a duré combien de temps avec ton promoteur ?

— Plusieurs semaines. Et puis j'en ai eu marre. Je ne savais plus quoi inventer. À la fin, on ne baisait même plus. Il fallait que je le branle pendant qu'il regardait des cassettes porno. Je ne devais pas le faire jouir trop vite parce que après il était déprimé. C'était trop compliqué pour moi. Comme j'avais un peu les jetons de ses gardes du corps, je me suis réfugiée à Marseille chez ma mère. Je sais par des copines qu'il m'a cherchée comme un fou dans tout Paris. Il m'a fait savoir qu'il abandonnait tout pour moi. Ça ne m'a fait ni chaud ni froid. Je ne suis pas gouine, et puis c'est tout, merde !

— Et après lui ?

— Après lui, attends... Rien, justement. Après lui, je me suis rendu compte que j'aimais l'autre, pour toujours. À jamais. Que je le veuille ou non. Qu'il le veuille ou non. C'était comme ça. Le destin. Le karma. Là, j'ai essayé de le récupérer. Il n'était pas en France. Il était au Portugal.

— Évidemment.

— Quand j'ai su qu'il était au Portugal, j'ai compris qu'il avait trouvé une autre fille.

— Un type de TF1, ça ne reste pas seul longtemps, surtout s'il travaille devant la caméra.

— Ce qui m'écœure, tu vois, c'est qu'elle l'a pris quand il était au top, alors que moi j'ai été son compagnon de galère. On a bouffé de la vache enragée ensemble lui et moi. Quand je les voyais se pavaner tous les deux dans leur maison de Ramatuelle, avec leur teckel et leur siamois, j'en étais malade. Parce que en plus j'étais sûre qu'il pensait encore à moi, qu'il penserait toujours à moi. Comme je penserais toujours à lui. C'est une tragédie, tu comprends. Une vraie tragédie. Du coup, je me suis mise à lire Racine. Tu ne peux pas savoir ce que j'ai fait pour le récupérer. Je mettais des tenues pas possibles. Je suis allée m'acheter des dessous à Pigalle, dans les boutiques pour putes. Je l'appelais à TF1 et je lui racontais comment j'étais habillée. Les chaussures, les bas, tout le bataclan. Il fonçait chez moi. Je n'avais même pas ouvert la porte que j'étais à quatre pattes sur le lit, offerte comme la dernière des putes. Heureusement qu'il n'y avait pas de photographe de *Paris-Match* dans les parages, ça aurait fait du vilain chez monsieur Bouygues.

— Il venait souvent te voir ?

— Sept ou huit fois la première année. Il venait, il me bourrait, il prenait un rhum, il se tirait. Une fois, il est resté tout un week-end mais il avait l'air tellement angoissé que c'est moi qui l'ai renvoyé chez sa vioque. Au bout d'un an, il a arrêté de bander. Et pourtant, je n'ai pas cessé de croire qu'il m'aimait. Il a beaucoup insisté pour que j'entre à TF1. Il y avait des résistances. La fille Bouygues, notamment. Alors que le fils, il était pour à cent pour cent.

— Qu'est-ce que tu appelles arrêter de bander ?

— C'est simple : il ne bandait plus.

— Avec tout le monde ou avec toi ?

— Avec tout le monde — sauf avec elle. Ça, selon lui, c'était l'amour. On a cessé de se voir. J'ai fait deux overdoses, puis je suis entrée à TF1 sur sa recommandation. Voilà. Le problème aussi, quand on était ensemble, c'est qu'il me battait.

— Toi aussi, tu le battais.

— Moins fort. Je ne sais pas si tu t'en rends compte : nous ne boxions pas dans la même catégorie. Quand un poids plume rencontre un poids lourd, c'est rarement le poids lourd qui a mal.

— Tu aimais ça.

— Argument de mec.

— C'était le sien, d'ailleurs.

— J'aimais ça une fois sur dix.

— Seulement ?

— Une fois sur cinq. Le soir où il m'a cassé une côte, je n'ai pas aimé ça du tout.

— C'était une côte *flottante*.

— Et alors ?

— On ne peut pas casser une côte flottante — à moins de casser toute la cage thoracique.

— Comment sais-tu ça ?

— Je me suis fait un médecin quand j'étais petite. Qu'est-ce qu'ils se font comme filles les médecins ! Ils se régalent.

— C'était un ami de ton père ?

— C'était mon père. Je plaisante. Mon père est militaire.

— Ah bon ? Moi, j'aurais adoré coucher avec mon père. Lui aussi, d'ailleurs. Toute ma vie, je regretterai qu'on ne l'ait pas fait.

— C'est drôle, ça ne m'était jamais venu à

l'esprit. En plus, mon père est mignon. Les militaires, c'est bien conservé parce que ça fait du sport sans arrêt.

— Mon père ne m'a jamais battue. Sauf une fois : une paire de gifles quand j'avais douze ans. Pendant quinze jours, il a supplié que je lui pardonne. Le seizième jour, j'ai cédé. Les pères, c'est bête. C'est encore plus bête que les hommes.

— Mais beaucoup plus gentil. On peut les maquereauter à mort.

— Moi, c'est Maman que je maquereaute. Bien obligée. D'ailleurs il faudrait que je l'appelle. Je ne lui ai pas parlé depuis hier. Elle va s'inquiéter.

— À chaque fois que j'ai un découvert, j'appelle mon père. Il ne se vexe pas. Quand tu demandes de l'argent à un type avec qui tu couches, il se vexe. Quand c'est un homme avec qui tu ne couches pas, il rigole.

— Ce qu'il y a de bien avec un père, c'est qu'il ne demande rien en échange.

— Les hommes ont beaucoup baissé en quelques années — à moins qu'on ne tombe pas sur les bons. Il n'y a que les Arabes qui aient encore le sens des convenances. Avec un Arabe, tu ne paies rien. Il t'entretient de A jusqu'à Z. Ça en devient gênant. Je suis restée trois ans avec un Libanais, de quinze à dix-huit ans. Tu ne peux pas savoir les cadeaux qu'il m'a faits. J'ai tout revendu depuis, parce que je n'avais pas assez de place dans mes placards.

— Ça a dû te faire une masse de fric.

— Oui. Aucune idée de ce que j'en ai fait. Ça va vite, surtout à Paris. Quelques taxis, une ou deux paires de chaussures, une robe, un petit manteau, une soirée entre copines – et tu arrives tout de suite à dix mille francs.

— Les dessous, ça coûte une fortune.

— Ce n'est pas mon truc, moi, les dessous.

— Moi non plus – mais c'est souvent le truc des types avec qui je cogne.

— Je croyais que c'était toi qui te faisais battre ?

— Cogner, c'est une expression africaine qui signifie baiser.

– Ah oui, cogner ? C'est la première fois que j'entends ça.

– Tu n'as jamais couché avec un Noir ?

– Non. Pourtant, j'y pense souvent.

– Ils disent aussi : taper. Pour te donner une idée de la façon dont ils s'y prennent.

– Me faire un Black, j'en rêverais – mais qu'est-ce qu'ils sont timides !... Au concert de Public Enemy, non seulement il n'y en a pas eu un seul qui m'a mis la main aux fesses alors que je portais une minijupe hypermoulante, mais en plus ils s'écartaient insensiblement de moi, comme s'ils avaient peur de me voir, de me sentir, de me frôler.

– Moi, c'est pareil : les Noirs ne me draguent pas. Les Arabes, c'est sans arrêt. Les Noirs, je ne sais pas ce qu'ils ont.

– Ils sont timides.

– Ou alors ils ont la trouille. De notre famille, de la police, des gens. Toutes les Blanches qui sortent avec les Noirs sont moches. Ce n'est pas parce que les belles Blanches refusent de sortir avec les Noirs, c'est parce que les Noirs préfèrent sortir avec des

Blanches moches. Ils se disent que ça leur fera moins d'ennuis. Quand un Blanc voit un Noir avec une Blanche moche, il pense : ce pauvre gars est bien gentil de se farcir ce boudin, et la fille aurait bien tort de refuser de se faire monter par un négro puisque de toute façon elle ne trouvera rien de mieux. Mais quand on voit un Noir avec une fille dans notre genre, c'est la haine. Le type n'a aucune excuse — et la fille non plus ! Le racisme, c'est dégueulasse. S'il y avait moins de racisme, on pourrait se taper un tas de Noirs. Ils nous courraient après.

— Tu as déjà sucé un Noir ?

— Oui : mal. Enfin, bien. Il avait l'air content, en tout cas.

— Qui ?

— C'était un joueur de tennis.

— Arthur Ashe ?

— Je n'étais pas née quand Arthur Ashe arrêta le tennis. Au début, quand on me parlait de lui, je croyais que c'était un type qui s'appelait Arthur et qui fumait du hachisch.

— Noah ? Tu t'es fait Noah ?

— Toi aussi ?

— Non — mais j'ai plein de copines qui se le sont fait.

— Plein ?

— Quatre ou cinq.

— Tu as quatre ou cinq copines qui se sont fait Noah ?

— Oui. Tu veux les noms ?

— Des aristos ?

— Deux aristos.

— Il est bien, Noah. Il se fait des Blanches et en plus ce sont des aristos. Il n'est pas timide. Les autres Noirs devraient prendre exemple sur lui et nous grimper un peu plus.

— On ne va quand même pas les supplier.

— Tu ne le répètes pas, hein, que je me suis fait Noah ?

— Ça intéresserait qui ?

— Mon nouveau mec.

— Il n'y a pas de honte à passer après Noah.

— Une fois, j'ai failli me faire Ray Charles.

— Tu rigoles ?

— Il donnait un concert à Dakar. Après, il y a eu une petite fête à l'ambassade des

États-Unis. J'avais quatorze ans. Il m'a dit que j'étais belle.

— Pour lui, de toute façon...

— Tu ne comprends pas : il voyait que j'étais belle, alors qu'il ne voit rien.

— Il a demandé à quelqu'un de son entourage de te décrire.

— Je n'avais pas pensé à ça.

— De toute façon Ray Charles, il est aussi vieux que Frank Sinatra, non ?

— Il est sexy, Ray Charles.

— Tu te l'es fait ?

— Non. Pas osé. Trop vieux. Un vieux Blanc ou un jeune Noir, ça va. Un jeune Blanc ou un vieux Noir, ça ne va plus. C'est comme ça.

— Peut-être que sur la bande audio que l'autre va nous apporter il parle de ma montre. Si seulement il pouvait dire qu'il me l'a bel et bien donnée...

— Les enregistrements audio, ça n'a aucune valeur devant un tribunal.

— Oui – mais ça peut dissuader la partie adverse d'entamer une action.

— De toute façon, je ne vois pas quel genre d'action ils pourraient entamer. Une montre Cartier, c'est typiquement le cadeau qu'un mec de quarante ans fait à une fille de vingt qui l'a beaucoup sucé.

— Je t'en prie.

— Tu ne l'as pas beaucoup sucé ?

— Tu pourrais présenter les choses autrement. Je sais bien que tu suces mal mais ce n'est pas une raison pour t'en prendre aux filles qui sucent bien.

— C'est toi-même qui en reparles.

— Moi, je peux en parler.

— Et moi non ?

— J'ai le droit de parler de ma bouche, contente-toi de parler de la tienne.

— On est en train de se disputer, là ?

— Qu'est-ce que ça changerait ?

— Tu sais pourquoi les femmes sont opprimées par les hommes depuis des siècles ?

— Parce qu'elles sont stupides.

— Non : parce qu'elles ne sont pas solidaires, même quand le mec est mort. La preuve.

— OK, soyons solidaires. Ça consiste en quoi ?

— Te sortir de cette histoire de montre. À mon avis, il ne se passera rien.

— Déjà que ma famille ne m'a pas autorisée à utiliser notre nom, si en plus je passe en correctionnelle pour entôlage, ils vont grimper aux murs !

— Si tu as tellement peur, rends la montre.

— À qui ?

— Sa veuve.

— Tu délires ! Elle a déjà récupéré la maison de Ramatuelle, la Porsche, l'appartement de l'avenue de Breteuil... Je peux bien garder la Cartier, merde ! Je me le suis tout de même fait pendant un an et demi.

— Il le louait, l'appartement de l'avenue de Breteuil. D'ailleurs elle le trouve trop grand pour elle, ce qui prouve qu'elle a du mal à payer le loyer.

— Comment sais-tu ça ?

— Le dernier *Gala*. Elle se demande si elle ne va pas s'installer à Ramatuelle. Elle pense que ce serait mieux pour l'enfant.

— Elle ne va pas en foutre lourd à Ramatuelle. C'était quoi son job avant ?

— Femme entretenue — mais par quelqu'un d'autre.

— Il y a des filles, elles sont fortes. Nous, on est des connes, on rame.

— Je me demande si ce n'est pas une erreur de vouloir être une femme indépendante.

— Tous mes copains me conseillent de me faire entretenir. Quand tu te fais entretenir, il y a un problème, et il revient une fois par jour : c'est se mettre au lit.

— Il m'entretenait et ce n'était pas un problème de me mettre au lit.

— Ça dépendait des jours.

— Maintenant, ça devient un problème de me mettre au lit — un problème qui durera toute ma vie. Je crois que je vais me tuer. Qu'en penses-tu ?

— Tu ne verras pas la fin de *la Guerre des étoiles*.

— M'est égal. Si encore Sean Connery tournait un nouveau James Bond...

— Tu ne sauras pas si Albert de Monaco a épousé Claudia Schiffer...

— Ça, évidemment, ça m'embête.

— Tu ne retourneras jamais en Afrique.

— L'Afrique est morte le jour où mon père est mort.

— Oui, allez, suicide-toi.

— Elle va l'épouser, Albert de Monaco ?

— La voilà.

— Claudia Schiffer ? À la Pizza Pino ? Elle cherche peut-être Bruel. Quand Albert va savoir ça...

— Non : l'autre — la fille à la bande.

— Oh, merde.

— Elle a l'air en colère.

— Elle a toujours l'air en colère, surtout quand elle sait que je suis dans les parages. Qu'est-ce qu'elle a fait à ses cheveux ?

— Ils sont courts.

— Ils étaient longs, avant.

— Elle a dû les couper.

— Je vais téléphoner à ma mère.

— L'autre pétasse n'est pas encore arrivée ?

— Elle téléphone à sa mère.

— Je ne voudrais pas être la mère d'une fille pareille.

— Encore fâchée contre elle ?

— Moi ? Absolument pas. Je la méprise, c'est tout. Quand il m'a quittée pour elle, je n'ai pas été folle de chagrin, j'ai été folle de rage. Il n'y a rien de plus humiliant que d'être quittée par quelqu'un qui ne compte pas pour nous pour quelqu'un de beaucoup moins bien que nous. Depuis le Portugal, je me laissais agréablement aimer par lui. Je voyais ça de haut, comme une reine d'Égypte à qui un esclave rend hommage. Voilà que l'esclave se tire avec la femme de chambre. J'ai, au sens strict du terme, enragé.

— Et ce n'est pas fini ?

— Ça ne finira jamais.

— Pourquoi ?

— Je ne sais pas. Pas mal de types m'ont quittée — tous, en fait, ou presque tous, les hommes sont tellement lâches : je leur ai pardonné, ou bien j'ai oublié. Lui, non. Je ne pardonne pas — et n'oublie pas. Il faut qu'il paie.

— Il est mort.

— Ça ne suffit pas.

— Que veux-tu qu'il fasse de plus ?

— Payer. Il laisse un héritage, non ?

— Tu as téléphoné à sa veuve pour lui en parler ?

— Non — mais mon père a un bon avocat.

— Tu vas prendre un avocat ?

— Quand on traite avec une bande de malfrats, ça vaut mieux.

— Une bande de malfrats ?

— La femme, les parents de la femme, l'enfant...

— L'enfant ?

— L'enfant d'un salaud pareil ne peut être qu'un malfrat.

— Il a un an.

— Il n'aura pas toujours un an, crois-moi.

— Sur quelles bases comptes-tu leur faire un procès ?

— Promesse de mariage non tenue.

— Ça remonte à 1990.

— On a été ensemble du 21 mai 1990 au 3 octobre 1990.

— Presque quatre ans ont passé depuis.

— Pas pour moi.

— Peut-être pas pour toi mais pour la justice française, certainement.

— J'aurai un avocat.

— Ton avocat ne pourra pas supprimer quatre années d'un coup de baguette magique.

— Quatre années qui n'ont pas compté pour moi, qui n'existent pas, qui sont vent, fumée, illusion !

– Il n'est pas question de toi mais de la réalité. Tu es devenue schizo, ma vieille.

– Me parle pas comme ça, toi. Gaffe à ta gueule. Tu ne serais pas la première fille que j'aurais dérouillée en public.

– Bon, calmos.

– Tu commences par ne pas m'insulter.

– Schizo, ce n'est pas une insulte.

– Tu as dit « ma vieille ».

– J'avais le droit : tu as cinq ans de plus que moi.

– Tu apprendras que chez moi l'âge est un sujet tabou. Je m'étais promis de ne pas coiffer Sainte-Catherine. Et voilà, j'ai vingt-sept ans. Qu'est-ce qu'ils ont tous à ne pas m'épouser ? Je ne demande pourtant pas la lune ! Un mec qui m'aime et qui m'épouse. Je n'exige pas qu'il soit mignon ni même qu'il soit riche. Je préférerais qu'il ne soit pas complètement fauché mais en même temps ça me serait égal, je me sens capable d'entretenir un mec qui m'aimerait.

– Surtout si tu gagnes ton procès.

– Bien sûr, que je le gagnerai. Quand

j'entreprends quelque chose, je vais jusqu'au bout. Je n'aime pas l'échec.

— Tu comptes demander combien ?

— Un million.

— Un million de francs ?

— Oui. J'avais pensé à un million de dollars mais mon père a modéré mes ambitions.

— Un million de dollars ?

— Je blague. Un peu d'humour, *please*. La vie est assez triste avec tous ces hommes trouillards et menteurs pour que de temps en temps on se détende un peu.

— Un million de francs pour une promesse de mariage non tenue en 1990 par un type mort depuis ?

— Je ne l'attaque pas lui, évidemment, mais ses ayants droit, c'est-à-dire son ex-femme, sa fille, sa femme et son fils.

— Son ex-femme ?

— Elle hérite, avec sa fille, de la moitié de ce qu'il avait. Or, c'est sur ce qu'il avait que je compte me payer. Donc, je me paierai en partie sur ce qui est revenu à l'ex-femme. Du coup, je me retrouve dans l'obligation de l'attaquer elle aussi. Puisque je veux qu'elle me paie. Tu comprends ?

— Attends, attends. Je me regroupe, là.

— On boit un coup ? Le beaujolais nouveau est arrivé à la Pizza Pino ? C'était le restaurant préféré de Lendl quand il venait à Roland-Garros et à Bercy.

— Tu connais Lendl ?

— Je connaissais. Il ne joue plus beaucoup.

— Tu te l'es fait ?

— Pas lui : son entraîneur.

— Lequel ? L'ancien ou le nouveau ?

— Je ne sais pas. Dans mon lit, en tout cas, il n'y en avait qu'un — et il était plutôt ancien que nouveau. Quand il était à Paris, on dînait là, avec Ivan. C'était avant qu'il ne soit avec Samantha. Ça ne nous rajeunit pas. Ça passe, le temps, ça passe. Faudrait s'activer. Et l'autre tache qui meurt d'un cancer des reins. S'il m'avait épousée, il serait toujours vivant. Ça lui a porté malheur. De toute façon, tous les mecs qui m'ont quittée, ça leur a porté malheur.

— Ça ne va pas te poser un problème ?

— Je n'ai que ça, des problèmes.

— D'attaquer la femme que tu faisais cocue ?...

— C'est lui qui la faisait cocue. Moi, je ne faisais rien. S'il ne m'avait pas dit qu'il était séparé, il aurait toujours pu courir pour me toucher. Dans cette affaire, la victime, c'est moi. Il m'a menti sur deux points : il m'a dit qu'il était séparé de sa femme et il m'a promis qu'il m'épouserait. Et de ça, tu comprends, j'ai la preuve.

— La cassette ?

— La cassette. Depuis 1987, je garde toutes les cassettes de mon répondeur téléphonique. J'en ai presque une centaine. Chez moi il y a l'armoire godasses et l'armoire cassettes. C'est classé par dates mais des fois je fais une cassette spéciale où je rassemble les messages d'une même personne.

— Techniquement ?

— Techniquement, c'est un type de Polygram qui s'en occupe. Je saurais le faire mais je n'ai pas le temps. À Mitsubishi, on bosse. Je préférais quand je travaillais dans l'édition.

— Tu as fait une cassette spéciale pour lui ?

— Pas seulement lui. J'ai une cassette de Cantona, de Sabatier, de Sollers...

— Tu as été avec tous ces mecs-là ?

— Ils m'avaient dit qu'ils allaient divorcer. Il n'y a pas plus menteur qu'un homme marié. Maintenant, quand je couche avec un type, je demande deux choses : une capote — et un extrait de naissance.

— Tu as des rapports protégés ?

— Avec le nombre de mecs que je me goinfre, ça vaut mieux. Qu'est-ce que tu veux, j'aime baiser — et les hommes aiment baiser avec moi.

— Il disait que tu étais un super-coup.

— De toi, il disait que tu suçais vachement bien. D'ailleurs, ce n'est pas le premier à me dire ça.

— Ah bon ?

— Tu sais, Paris est petit...

— Quand je suis arrivée de Marseille, ça m'a paru grand.

— Tu es de Marseille ?

— Non. Ma famille est mi-savoyarde mi-bourguignonne.

— Qui m'a dit ça ?

— Quoi ?

— Que tu suçais bien.

— Bof, ce n'est pas important...

— Si, si, attends – c'était à un dîner.

— À un dîner ?

— Dans le showbiz... Julien Clerc ! C'est Julien Clerc qui m'a dit ça.

— Je ne l'ai jamais sucé...

— Tu es sûre ?

— Je m'en souviendrais ! Julien Clerc, quand même...

— Alors, ce n'était pas lui – ou bien ce n'était pas toi...

— Cette cassette, on peut l'écouter ?

— On va l'écouter.

— Tu l'as ici ?

— Oui : avec le magnéto.

— Quelle pro !

— Ils savent pourquoi ils me paient, à Mitsubishi. Et moi, je sais qu'ils ne me paient pas assez. S'il était resté avec moi, j'aurais mieux négocié son contrat avec TF1. Quand je l'ai connu, il voulait aller sur La Cinq. Heureusement, je l'ai retenu d'une main ferme. Je lui ai dit : « Tu restes à RTL tant que TF1 ne te fait pas signe. » Il est resté. Il serait allé sur La Cinq, aujourd'hui il pointerait au chômage.

— Pas *aujourd'hui*.

— Évidemment, pas aujourd'hui, puisqu'il est mort.

— S'il était allé sur La Cinq, il ne serait peut-être pas mort.

— Ou il serait mort plus vite. En tout cas, il aurait perdu plusieurs millions de francs – et ces millions de francs qu'il n'a pas perdus, il me les doit. Disons, une partie. C'est ce que j'expliquerai au juge. Je ne les veux pas tous mais j'en veux une partie. C'est légitime. Ce n'est pas légitime ?

— Je ne suis pas juge.

— De toute façon, j'ai la cassette. Sur la cassette, il dit : « Sans toi, j'aurais fait une connerie, je serais allé sur La Cinq. » Je ne l'invente pas. Il le dit.

— Il ne parle pas de la montre ?

— Ah, la montre. Si, il en parle.

— Que dit-il ?

— Tu sais que si tu as récupéré cette montre, c'est un peu grâce à moi ?

— Tu ne vas pas me demander des dommages et intérêts, j'espère !

— Je ne sais pas. J'hésite. De toute façon, tu n'es pas solvable ?

— Je suis même à découvert.

— Laissons tomber.

— Qu'est-ce qu'il dit sur la montre ?

— À notre premier rendez-vous, au Deauville, je vois cette montre, je pense : « Je ne pourrai jamais être avec un mec qui porte une montre pareille. »

— Elle ne te plaît pas ?

— Elle est immonde.

— Moi, je l'adore.

— Tout le monde a le droit d'avoir un goût de chiottes.

— Mettons que toi et moi nous n'avons pas le même goût.

– À ta place, j'aurais honte qu'on me voie avec un truc pareil.

– Je n'ai pas honte.

– Tant mieux pour toi. Ou tant pis. En tout cas, qu'est-ce que je lui ai balancé sur cette montre quand on était ensemble ! Un soir, à Dublin – il voyageait là-bas pour RTL et je l'accompagnais –, on dînait dans un restaurant indien.

– La bouffe indienne, c'est dégueu.

– Il revient des toilettes. Il n'avait plus la montre. Il me dit : « Je l'ai jetée dans le trou des toilettes par amour pour toi. » Moi, comme une idiote, je l'ai cru. Dans la rue, il l'a sortie de sa poche et il l'a remise en rigolant.

– Tu parles qu'il aurait jeté une montre de cinquante mille francs dans des WC !

– Ça ne vaut pas plus cher ? Je pensais qu'un truc aussi tarte valait une fortune.

– Cinq briques, *c'est* une fortune.

– De toute façon, à la revente, tu ne toucheras pas le quart de la somme.

– Je n'ai pas l'intention de la vendre.

– Ce serait pourtant la seule chose à faire.

— De toute façon, je ne peux pas. Je n'ai ni le bon de garantie ni la facture. En plus, c'est une montre numérotée. Légalement, elle lui appartient.

— *Il est mort.* Cancer des reins. Il en a bavé, le pauvre vieux. Je sais bien qu'il le méritait mais je n'ai pas pu m'empêcher d'avoir un peu pitié de lui. Qu'est-ce que tu veux, quand tu as bon cœur, ça s'applique même aux ordures.

— Tu crois que sa veuve me ferait des ennuis ?

— Possible. Ce que je ne crois pas, c'est qu'elle s'emmerderait pour un truc qui vaut à peine dix mille balles à la revente. Elle aura la tête beaucoup trop occupée par le procès que moi je vais lui faire.

— À ton avis, elle laissera tomber pour la montre ?

— Ce n'est pas sûr à cent pour cent. Si elle a envie de t'emmerder, elle t'emmerdera.

— Au cas où elle m'emmerderait, tu me conseilles quoi ?

— De prendre un avocat.

— Je n'ai pas les moyens.

– Tu fais comme moi : tu prends celui de ton père.

– Je ne veux pas que mon père soit au courant de cette histoire.

– Il a bien vu la montre à ton poignet.

– Il croit que c'est un cadeau.

– *C'est* un cadeau.

– Sauf que je ne peux pas le prouver.

– La preuve, c'est que tu la portes.

– Ça ne signifie pas que je ne l'ai pas volée.

– Si tu l'avais volée, il aurait porté plainte.

– Il y a eu son cancer.

– Quel cancer ?

– Son cancer !

– Il l'a eu en 92. La montre, tu la portes depuis 90.

– Non, justement. Il me l'a donnée en 90 pour que je revienne avec lui mais comme je voulais absolument le quitter je la lui ai rendue.

– Moi, j'ai fait pareil avec un dentiste. Il n'arrivait pas à abandonner sa femme.

– Il avait des enfants avec elle ?

– Deux, je crois. Deux ou trois. On était

très amoureux. Je me souviens d'un week-end à Honfleur où j'ai craqué pour lui. Il ne savait pas ce qu'il voulait, alors je l'ai lourdé. Le lendemain, il m'envoie une montre Hermès. Un truc à cinq ou six mille balles mais beaucoup moins laid que ce machin-là. Je l'ai renvoyée aussitôt par la poste. Le soir même, je rencontre l'autre dans un cocktail organisé par ma maison d'édition. Ils voulaient qu'il fasse un livre sur les OVNI. Lui, il préférait les orphelins roumains. Les OVNI, il trouvait que ça faisait dépassé, *has been*, Jean-Claude Bourret. Quand on a rompu, je suis allée voir le patron de la boîte – un ami de ma mère, en plus – et je lui ai dit : C'est lui ou moi. Il a dit : C'est lui. Je suis sortie du bureau, sortie de l'immeuble, sortie de Paris. J'ai passé trois mois à Grenoble, dans notre maison familiale. Début 91, j'entre chez Mitsubishi où j'ai fait, en deux ans et demi, des étincelles. Ce qui n'a pas été son cas dans mon ancienne boîte.

— Le livre n'est pas sorti ?

— Si – mais il n'a pas marché.

— Il était sur quoi, finalement ?

– L'acupuncture.

– L'acupuncture ?

– Il avait invité un acupuncteur à son émission du matin sur RTL : *Parlons-en*. Il a été fasciné par ce type-là et, du coup, il a choisi l'acupuncture comme sujet. Je connais bien l'histoire parce que c'est tombé en plein dans ma période. Je me souviens qu'il m'en parlait sur la plage de Ribeira.

– Ah oui, toi, c'était Ribeira.

– Ribeira, Matosinhos, Sagres. Et toi ?

– Il ne m'a pas emmenée au Portugal.

– Il ne t'a pas emmenée au Portugal ?

– Je sais, ça en étonne plus d'une.

– À croire que ce n'est pas avec lui que tu es sortie. Bref, son livre sur l'acupuncture a été un bide tandis que les Mitsubishi, ça se vend comme des petits pains. Moi, il ne faut pas m'emmerder : j'ai passé un accord secret avec Dieu. Je suis une sorcière.

– Ce n'est pas avec Dieu que les sorcières passent des accords – mais avec le Diable.

– Attention, moi je suis une sorcière du Bien. Le Diable, je ne fréquente pas. C'est un raté. Il a tout le monde sur le dos. Alors que Dieu, il se balade. Difficile de trouver une seule personne pour dire du mal de Lui, même parmi les athées. Remarque : pourquoi dire du mal de quelqu'un en qui on ne croit pas ?

— Je ne savais pas que tu t'intéressais à la théologie.

— Je lis tous les journaux et je me souviens de tout ce que je lis. Une chose qui est entrée dans ma tête n'en sort plus. Elle est comme prisonnière – ou c'est moi qui suis prisonnière d'elle. Pourquoi faut-il toujours qu'on se souvienne ?

— C'est peut-être pour ça qu'il y a le mariage : pour qu'il n'y ait qu'un seul homme dans notre vie. Dès qu'il y en a plus d'un, il y en a un qu'on n'arrivera pas à oublier.

— La première fois que je l'ai vu, je ne l'ai pas trouvé franchement laid, mais je l'ai trouvé franchement gros.

— Le poids, ça a été son obsession.

— Avec l'alcool. Il n'aura pas passé son temps à boire mais à essayer d'arrêter de boire et n'aura pas passé sa vie à être gros mais à essayer de maigrir. Il m'a laissé un message sur mon répondeur dès le lendemain matin. Les mecs, ce n'est pas compliqué : ils me voient à un cocktail et le lendemain, répondeur. Si le type m'a plu et si j'aime bien le message, je rappelle. Sinon, *adios*. Avec lui, ça a été *adios* tout de suite. Sauf qu'il s'est accroché.

– L'animal est tenace.

– *Était*.

– Pardon : était.

– Au deuxième message, il a commencé à me faire rire. J'en avais marre du dentiste. Les types qui ont fait dentaire, ce sont des types qui ont raté médecine, et ça les marque à vie. Quand il me roulait une pelle, j'avais l'impression qu'il me comptait les dents avec la langue. Il ne cherchait pas le plaisir, il cherchait une cliente. J'accorde donc un rendez-vous à la star de RTL. C'était le milieu du printemps. Il avait perdu une dizaine de kilos – qu'il s'est d'ailleurs empressé de reprendre quand il s'est retrouvé avec l'autre pute qui téléphone à sa mère. Elle en met un temps, d'ailleurs.

– Elles ne s'étaient pas parlé de la journée.

– À la terrasse du Deauville, il agite les poignets, et qu'est-ce que je vois ?

– La montre.

– Je me dis : beurk.

– N'empêche que tu es sortie avec lui.

– Pas ce soir-là.

– Le soir où tu es sortie avec lui, il portait encore sa montre. Je veux dire : la mienne.

– J'ai passé outre.

– Tu as quand même pensé : un type qui a une montre pareille, il a de la thune, on ne doit pas s'ennuyer avec lui.

– Non. Je n'ai pas pensé ça. Ça, c'est un raisonnement de pute. Et je ne suis pas une pute.

– Tu insinues que j'en suis une ?

– Tu n'en es pas une ?

– Non – mais je n'ai rien contre les putes. Ce sont des femmes comme les autres, souvent plus jolies et plus sympas que les autres. Quand j'étais avec mon Libanais...

– Tu étais avec un Libanais !

– Oui. Pourquoi ? Ça te gêne ? Tu es raciste ?

— Raciste envers un Libanais ? Il n'y a pas de raison. Ce ne sont pas des Arabes.

— Carthage, ce n'est pas en Tunisie peut-être ?

— Il n'y a plus de Libanais à Carthage depuis mille neuf cents ans.

— Attention, tu veux dire que si les Libanais étaient des Arabes, tu ne les aimerais pas ?

— Pour être raciste envers quelqu'un, il faut qu'il ait une autre race que la tienne.

— Moi, je ne suis pas de race libanaise – et pourtant j'aime les Libanais.

— Certains Libanais. Un certain Libanais.

— D'ailleurs, je ne l'aime plus.

— C'est quoi le rapport du Libanais avec la pute, d'ailleurs ?

— Pour son anniversaire, j'ai couché avec une pute devant lui. C'était son cadeau. Le cadeau qu'il s'offrait. Moi, je n'avais pas les moyens de me faire une pute. Je n'avais quand même que seize ans.

— Ça t'a plu ?

— Ça m'a tellement plu qu'il a senti qu'il devait partir et il est parti.

— Le Libanais est délicat.

— Tu n'as jamais couché avec un Arabe ?

— Non. Pour les hommes, le plus bas que je sois descendue, c'est Toulon. Un catcheur : un mètre quatre-vingt-dix-huit, cent deux kilos. Il m'a démis la hanche mais il ne voulait pas quitter sa femme. Lourdé.

— Lui, il voulait bien quitter sa femme pour toi.

— Il l'avait quittée. On vivait chez moi. C'est ça qui m'a trompée. Je lui ai présenté l'avocat de Papa, le même que je vais prendre contre sa femme. L'autre lui a fait un petit topo sympa. C'est vrai que, vu sa nouvelle situation, et que sa femme était quand même sans profession, il devait raquer un max. Moi-même j'ai été surprise par l'importance de la somme. Mais dans notre famille on n'a jamais considéré l'argent comme un obstacle à quoi que ce soit. Ça nous a étonnés qu'il coince comme ça sur le blé. Étonnés et déçus. Et puis il y a eu le moment où sa femme battait sa fille. Elle avait trois ans à l'époque. Trois ou quatre ans. On était à Ribeira. Une journée où il n'arrivait pas à respirer. Moi, tu sais, j'adore les enfants – et ils m'adorent aussi. Je ne peux pas voir un bébé sans qu'il essaie de me grimper dessus – exactement comme son père ! Mais cette môme-là, elle a quand même foutu ma vie en l'air et il n'y a pas de raison aujourd'hui pour que je lui fasse de cadeau : elle aura mon avocat au cul jusqu'à sa majorité et peut-être au-delà. À Ribeira, il décide d'appeler ses beaux-parents. Je dis d'accord. Qu'est-ce que je pouvais dire d'autre ? J'attends dans la chambre, au lit, en lisant un livre. J'aime lire. Peu à peu l'angoisse monte en moi. Elle enfle, gronde, balaie tout sur son passage. Je pense : un drame est en train d'arriver. Ses beaux-parents vont lui annoncer qu'il est viré de RTL. Il entre dans la chambre, blanc. Il dit : « Ma femme bat ma fille sans arrêt. » Le lendemain matin, on était dans l'avion pour Paris. Ce type n'avait pas de nerfs, en fait. C'était facile d'agir sur lui. Tu filais deux ou trois petites baffes à sa môme et il rappliquait. De Paris, il a filé au Touquet, dans la maison de ses beaux-parents où sa femme et sa fille passaient les vacances. Moi, je suis descendue à Grenoble pour préparer nos fiançailles.

— Vos fiançailles ?

— On avait décidé de se fiancer chez ma mère.

— Il n'était pas encore divorcé.

— C'est marrant : il m'a fait la même remarque. Je lui ai répondu : Et alors ?

— Il a dit quoi ?

— Rien. De toute façon, il n'est jamais descendu à Grenoble.

— Le Touquet-Grenoble, ça fait une trotte.

— Le problème n'était pas là. Il m'avait baisée pendant deux mois et maintenant il voulait reprendre ses billes et penser à autre chose, notamment à cette pute qu'il avait rencontrée au mois de juin au cocktail de RTL et à qui en fait il n'a jamais cessé de penser pendant l'été. Ça je ne l'ai compris que plus tard. Au mois d'août, j'avais encore toutes mes illusions. Il est rentré à Paris, moi aussi. Il a préparé une nouvelle émission. Je m'occupais de la rentrée littéraire. Le jour de mes règles, rien.

— Quoi : rien ?

— Pas de règles. Le lendemain, non plus. J'appelle Maman. Elle me dit : Attendons encore un peu.

— Qu'est-ce qu'elle fait ta mère ?

— Elle a une charcuterie.

— Où ça ?

— À Pantin. Mais elle habite Levallois. Le troisième jour, toujours rien.

— Tu achètes un test.

— Non. Je décide d'attendre encore. Le quatrième jour, toujours rien. Je lui en parle. On fait nos comptes. Le bébé a été conçu à Matosinhos. Normal : on n'arrêtait pas de s'envoyer en l'air. Le lendemain, pour fêter l'événement, il m'invite à dîner au Jules Verne, sur la tour Eiffel.

— Je sais, merci.

— Tu y es déjà allée ?

— Oui.

— Avec ton Libanais ?

— Oui.

— Juste au moment de mettre ma robe Lacroix, vlan, mes règles. Il a été adorable : il a passé la soirée à essayer de me consoler. Il a commandé du champagne, du caviar, du foie gras. Je ne sais pas comment tu es toi mais moi j'aime bien bouffer et j'aime bouffer bien. Il m'a ramenée chez lui, alors que la plupart du temps on dormait chez moi. Je voulais baiser. Lui, il n'était pas chaud, chaud. Je lui ai demandé de m'enculer mais il a refusé. Il disait qu'enculer les gens ça lui faisait trop mal.

— Tout à fait son humour.

— En fin de compte, je l'ai sucé. J'avais besoin de son sperme, tu comprends.

— Pour te faire un masque ?

— N'imite pas son humour, *please*.

— Peut-être était-il content que tu ne sois pas enceinte.

— C'est ce que j'ai pensé quand il m'a lourdée pour l'autre pute. Et puis, il y a eu la scène au restaurant indien.

— Portugal et restaurant indien. Ce mec n'était pas possible. Heureusement qu'il est mort. Comme quoi il y a une justice.

— Je m'étais faite belle. On était bien. Il me regardait doucement.

— Aïe.

— Quoi ?

— Ce n'était pas bon, quand il regardait doucement.

— Il me prend la main, me touche les doigts. Je pense : ça y est, il me demande en mariage.

— Chez toi, c'est une obsession.

— Il me tripote les doigts. Je me dis : il va sortir une bague de fiançailles de sa poche et me la passer au doigt.

— La fille polar.

— Il me dit : « Tu sais ce qui me ferait plaisir ? » Je dis : « Que je t'épouse. » Il sourit. Il dit : « Pas seulement. » Tu te rends compte ? Il dit : « Pas seulement. » Quoi d'autre pouvait lui faire plaisir ? Qu'on ait un enfant ? Je lui jure de tomber pour de bon enceinte à la fin du mois et de tout faire pour garder l'enfant. Il sourit encore. Il y a quelque chose qui s'allume dans son regard et, à force de repasser sur mon magnétoscope les vidéos de toutes ses émissions sur TF1, j'ai compris ce que c'était : la flamme de la cruauté. Il fait non de la tête, lentement. Arrive le tandori. Moi, le tandori j'adore. Je ne mangerais que ça. Au moment où je vais enfourner une première bouchée, comme pour me gâcher mon plaisir, en me regardant fixement, il me dit : « J'aimerais qu'un jour tu m'offres un café. »

— Aïe, la discussion sur le fric. Avec lui, ça finissait toujours par tomber. Avec les autres aussi, d'ailleurs. Au début, ils sont prêts à payer pour nous baiser — et après ils se disent que ce serait mieux de nous baiser sans payer. Alors on les lourde, ils pleurent et reviennent en nous proposant de nous payer deux fois plus. Nous, on a notre fierté — et, de toute façon, on a déjà trouvé quelqu'un d'autre, mignonnes comme on est.

— Qu'est-ce que tu racontes ? Tu ne serais pas un peu pute, toi ?

— Je me le demande.

— Sur le coup, je n'ai pas compris. J'ai mâché tranquillement mon tandori et je lui ai dit : « Je t'offre un café quand tu veux, mon chéri. » Je lui demande sur le ton de la blague s'il veut un café maintenant. Non, non, me dit-il, pas maintenant. Ça n'a rien d'urgent, dit-il. Il ne veut surtout pas me brusquer. Un jour, pas forcément un jour de cette semaine, ni même de ce mois, en tout cas si possible avant la fin de l'année, il aimerait, oui, que je lui offre un café. Pas un gros, un petit. Un expresso. Là, je commence à comprendre. Je me sens mal. Bien sûr que c'est lui qui paie tout le temps, mais il a quinze ans de plus que moi. Depuis quand une fille de vingt-cinq ans doit-elle sortir son portefeuille avant un mec de quarante ? Ça, c'est le problème des types qui se sont fait un tas de féministes qui partageaient l'addition et qui se retrouvent aujourd'hui avec des filles comme nous. D'abord, nous, on n'est pas de la même génération que les féministes – en plus, on n'a pas un rond, à cause du chômage.

— Entièrement d'accord.

— Donc, il faut qu'on se débrouille.

— Ce n'est pas si facile.

— Pour toi, ça n'a pas l'air d'être trop difficile.

— Pour toi non plus.

— Je n'ai pas encore trouvé de mari.

— J'ai un mari, moi, peut-être ?

— Tu n'en cherches pas.

— Qu'est-ce que tu en sais ?

— Tu cherches un mari ?

— Ça ne me déplairait pas d'avoir quelqu'un qui me protège mais je me demande si le mariage serait compatible avec mon goût pour l'indépendance.

— Je ne vois pas la contradiction entre avoir un mari et être indépendante.

— Quand tu as envie de te faire un mec, c'est compliqué.

— Pourquoi compliqué ? Ton mari n'est pas obligé de le savoir. J'ai des copines mariées qui ont un amant depuis cinq ou six ans et qui ne se sont jamais fait pincer.

— Je n'aime pas mentir.

— Pourquoi mentir ? Tu ne dis rien.

— Ce n'est pas sympa de tromper quelqu'un.

— C'est plus sympa de le ruiner ?

— Je n'ai jamais ruiné personne.

— Lui, tu l'as drôlement attaqué au porte-feuille.

— Je ne lui demandais rien.

— L'art suprême de la pute.

— Mesure tes paroles : je ne suis pas une pute.

— Tu disais le contraire il y a un instant.

— Non. Je disais que je me demandais si je n'en étais pas une. Peut-être que de temps en temps ça m'amuse d'imaginer que j'en suis une. Mais le fait est — évident et irréfutable — que je n'en suis pas une. Je lui ai pris quoi ? Cent mille, cent dix mille francs ? Qu'est-ce que c'était pour lui ? Il faut savoir que je suis restée une année pleine avec ce type. Douze mois. Divise cent mille par douze et tu verras que ça ne fait pas lourd par mois.

— Le salaire d'une attachée de presse.

— Débutante.

— Non : pas débutante. En plus, c'est du noir.

— Du noir ?

— Pas déclaré aux impôts.

— Évidemment. Comment veux-tu... ?

— L'argent qu'il te donnait, il le déclarait aux impôts.

— Comme tout le monde.

— Pas comme toi.

— Moi, c'est différent. Je n'étais pas une salariée. Il me faisait des cadeaux.

— Quand il te donnait mille francs, il fallait qu'il en gagne deux mille, puisque sur deux mille francs qu'il gagnait, il en donnait mille aux impôts. Pour te donner cent mille francs, il a dû en gagner deux cent mille.

— Deux cent mille ! Il m'aimait tant que ça ! Moi aussi d'ailleurs je l'aimais. S'il avait été moins pénible à vivre, peut-être qu'on serait encore ensemble. On aurait un appart sympa dans le seizième. J'inviterais des copines. Je ferais la bouffe. Je ne suis pas une mauvaise cuisinière.

— Il ne m'a jamais donné un rond. C'est pour ça que le soir du restaurant je l'ai eue mauvaise. Je lui ai demandé ce que signifiait cette histoire d'expresso à la con. Il m'a dit qu'il en avait marre de payer tout le temps. Il aurait aimé que je paie quelque chose de temps en temps, ça lui ferait plaisir. Pas forcément une grosse chose. Un café, par exemple. J'étais ulcérée. Tu sais ce que j'ai fait ? J'ai commandé une bouteille de champagne en précisant que c'était moi qui raquerais. Classe, non ? Après, on a parlé d'argent. Je lui explique que si je ne paie jamais, c'est que je suis toujours à découvert. Il me dit que si je n'achetais pas des fringues à chaque fois que j'ai trois sous devant moi, je ne serais pas à découvert. Je lui dis que s'il me les achetait je n'aurais pas besoin de les acheter moi. Là, il explose. Le radin total. Quoi, quoi, il faudrait qu'en plus il m'achète des robes, avec tout ce qu'il paie. Qu'est-ce qu'il paie ? je lui demande. Tout, dit-il. Tout quoi ? Tout. Mon loyer, il le paie ? Mon électricité, il la paie ? Mon téléphone, il le paie ? Il ne paie pas l'eau, non plus, que je sache. Et le matin, quand il prend son petit déjeuner dans mon studio, est-ce qu'il paie le café, le lait, le pain, le beurre, ou encore les œufs, car il arrive qu'il veuille des œufs au petit déjeuner, et qui est-ce qui les paie ? Pas lui.

— Des œufs, quand même...

— Pour toi, évidemment... Quand on ramasse douze bâtons avec le même micheton, on n'est pas à une douzaine d'œufs près.

— Qu'est-ce que tu dis, là ?

— Ce que je dis.

— Doucement. J'ai aimé ce mec. Il avait un caractère de chien et je crois que j'étais trop jeune pour le comprendre mais jamais il n'a été un micheton pour moi, vu ?

— Un autre ton, s'il te plaît.

— Quoi, un autre ton ? Tu crois que tu me fais peur ? Je ne suis pas comme la débile mentale qui se terre dans les cabines de téléphone dès qu'elle te voit.

— À Cannes, au MIP TV, je lui ai tiré les cheveux, elle n'a même pas bronché, tellement je lui fous les jetons.

— Moi, j'ai fait quatre ans d'institution religieuse, j'en ai maté de plus coriaces que toi.

— Attends, attends. C'est toi ou ce n'est pas toi qui m'as dit tout à l'heure qu'il t'avait filé en gros cent dix mille francs pendant le temps qu'a duré votre relation ?

— C'étaient des cadeaux. Je ne lui demandais rien. C'est la différence entre toi et moi. Je ne lui demandais rien et il me donnait tout. Tu lui demandais tout et il ne te donnait rien.

— Pas vrai. Il me donnait des trucs.

— Il ne t'a même pas offert un bijou. Moi, j'ai eu la Cartier. L'autre, elle a eu la Rollex. Sa femme, elle a la maison de Ramatuelle. Son ex-femme, elle a eu une pension. Toi, que dalle. Tu es vraiment la conne de l'histoire.

— Quand on est allés au Portugal, je suis partie avec un billet de cinquante francs et je suis revenue avec le même. Je n'ai pas dépensé un centime.

— Évidemment, le Portugal !

— Quoi, le Portugal ? Toi, il ne t'y a jamais emmenée.

— Non seulement tu faisais escort au Portugal, en plus il aurait fallu que tu paies.

— Comment ça, escort ?

— Tu imagines peut-être qu'il serait allé tout seul au Portugal ?

— Je n'ai jamais été une escort.

— Une fille qu'on emmène en vacances

pour la baiser, ça porte un nom : escort. *Escort Girl*.

— J'ai détesté ce film.

— Et le tarif d'une escort, en voyage, tu sais ce que c'est ?

— Non.

— Quinze mille par jour. Vous êtes restés combien de temps au Portugal ?

— Trois semaines.

— Attends. Il t'a plantée d'au moins trois cent mille balles, ma vieille.

— Merde alors.

— Le petit Arabe, dans *Escort Girl*, il est craquant. J'aime beaucoup les Noirs, mais j'aime bien les Arabes aussi.

— Je ne me vois pas coucher avec un Arabe.

— Tu es raciste !

— Simple question de goût !

— On dit ça. Tu es une escort girl raciste. Une escort girl raciste blousée et lourdée.

— C'est tout ? Tu as fini ? Si ça continue, ton problème de montre, tu le régleras toute seule.

— Entre nous, cette montre, elle est à moi,

non ? Ça se voit qu'elle est à moi. Elle m'habite complètement.

– Je te dis qu'il faut que tu prennes un avocat. Ce serait bête que tu te retrouves en prison à cause d'une montre.

– En prison ?

– Pourquoi pas ? S'il s'est avéré qu'il y a eu vol, il y aura procès en correctionnelle, et en correctionnelle, il y a des peines de prison ferme.

– Pour une montre ?

– Une montre de cinq briques, tout de même. Moche – mais de cinq briques.

– Tu m'as dit toi-même qu'à la revente elle en valait quatre fois moins.

– Quand on vole quelque chose, on vole son propriétaire, donc on le vole de la somme qu'il a consacrée à l'achat de l'objet. Tu ne voles pas les dix ou quinze mille francs que la montre vaut maintenant, tu voles les cinquante mille francs que l'a payée son propriétaire. Cinquante mille, c'est beaucoup. Il y a des types qui se retrouvent en taule pour un découvert de sept cents balles.

— Dans ce cas-là, ce n'est pas à la Pizza Pino que je devrais dîner, mais à la cantine de Fleury-Mérogis.

— Il n'y a pas de cantine à Fleury-Mérogis.

— Comment tu le sais ? Tu as été incarcérée ?

— Pas moi : mon cousin.

— Quel âge ?

— Vingt-trois ans.

— Il est mignon ?

— C'est mon sosie en mec.

— Ah oui. Tu dois être pas mal en mec. Et qu'est-ce qu'il a fait ?

— Tué des gens.

— Beaucoup ?

— Deux. On est des violents, dans la famille.

— Qu'est-ce qu'ils lui avaient fait ?

— Ils l'avaient doublé.

— Accident de la route ?

— Que tu es conne ! Non : ils l'avaient doublé sur un business. Un trafic de dope. Ce sont des choses dont on ne parle pas trop dans la famille. Ma mère, tu comprends, ça nuirait à son commerce.

— Maintenant, je vais faire gaffe avec mon découvert.

— Le découvert, ça se règle par la minijupe. Quand je dois voir mon banquier, je mets toujours une minijupe. Ça se passe bien. Ce que je ne comprends pas, c'est qu'il ferme les yeux sur mon découvert mais qu'il ne se décide pas à m'inviter à dîner. Peut-être pense-t-il que je ne couche pas avec les hommes mariés. D'ailleurs, c'est vrai, je ne couche pas avec les hommes mariés.

— Tu ne fais que ça.

— Attention : quand le type me dit qu'il est séparé ou va se séparer de sa femme, j'y réfléchis à deux fois. Et si Sean Connery me fait du rentre-dedans, je ne pose aucune question, je fonce au pieu et prends un pied monstre.

— Toi aussi ?

— Tu es une fan de Sean Connery ?

— Pas moi : l'autre.

– Qu'elle et moi on ait le même genre de mec, merci, j'étais au courant.

– Il ne ressemblait pas à Sean Connery.

– Non. À Jacques Toubon dans les bons jours – et à Jacques Villeret dans les mauvais.

– Pas d'accord.

– *I'm kidding.*

– Quoi ?

– Tu ne parles pas anglais ?

– Non. J'ai fait allemand et espagnol. Mon problème, c'est que mon banquier est une banquière.

– S'ils ont fait ça, c'est que tu as forcé sur le découvert.

– Oui, c'est vrai, j'ai forcé.

– C'est l'agence où ton père a son compte ?

– Non.

– Moi, j'ai mon compte à Grenoble, dans la même agence que mon père. Ça, plus la minijupe, je suis intouchable.

– Toi, tu as toujours plein de combines.

– J'ai plein de combines – et j'en fais profiter les filles qui m'entourent. Crois-moi ou non, mais je suis une bonne camarade.

— Vous vous êtes séparés comment ?

— Un samedi matin de septembre. C'était le samedi 21 septembre, il me dit : « Je vais voir ma fille. » Moi, j'avais prévu un week-end en Normandie, à Trouville. J'adore Trouville. Je trouve que c'est mieux que Deauville.

— C'est quoi la différence ?

— À Trouville, il y a moins de cons.

— À quoi vois-tu qu'il y a moins de cons à Trouville qu'à Deauville ?

— Je le sens. Donc, je lui dis : « Tu verras ta fille un autre jour, aujourd'hui on va à Trouville. »

— Elle nous aura bien fait chier, celle-là.

— Il me dit, du tac au tac : « On ira à Trouville un autre jour, aujourd'hui je vois ma fille. » Je lui ai demandé s'il ne se foutait pas de ma gueule. Il m'a dit qu'il ne pourrait jamais lourder sa fille – alors que moi, si. Je lui ai dit que dans ces conditions c'est moi qui le lourdais. Il s'est levé. C'était le matin, on venait juste de baiser. J'avais encore son sperme chaud en moi. Il m'a demandé de lui rendre sa clé et je lui ai demandé de me rendre la mienne. Sur le pas de la porte, il m'a dit adieu. J'ai couru derrière lui dans l'escalier pour l'insulter. Je me souviens, son sperme me coulait le long des cuisses. Après tout ce qu'on s'était dit, se quitter comme ça, pour une histoire de week-end, c'était pitoyable. J'étais en petite tenue, nuisette et culotte en satin, et je sentais qu'il recommençait à bander. Il me dit, en me reluquant les épaules et la taille, que ce n'est pas une histoire de week-end. Il y a quelque chose de vacillant dans sa voix. Il est à ma pogne. Là, je fais l'erreur.

— Toutes, on fait des erreurs.

— Cette erreur-là, je ne suis pas près de me la pardonner.

— Pourquoi ? Tu n'as rien à regretter. Il est mort, non ?

— Si je l'avais épousé, je n'aurais pas besoin de faire un procès à sa veuve pour récupérer l'héritage, puisque ce serait moi sa veuve.

— Être veuve, c'est tarte, je trouve. C'est antisexe.

— Il vaut mieux être une veuve riche qu'une célibataire pauvre.

— Tu n'es pas pauvre.

— Non, mais qu'est-ce que je suis célibataire ! Ce samedi-là, j'y crois trop. Persuadée
que je suis en position de force, je veux
marquer un grand coup, je dis, ah là là j'ai
honte, je dis : « Quand tu veux voir ta fille,
j'aimerais que tu me demandes la permission. »

— La permission de voir sa fille ?

— Tu imagines.

— Dire ça à l'animateur vedette de TF1 ?

— À l'époque, il était encore à RTL.

— Il a dû t'envoyer voler.

— Exactement. Voler. D'ailleurs, je vole
encore. Il n'a rien dit. Il a descendu l'escalier.
Je l'ai appelé, puis je l'ai traité de connard.

— Tu ne l'as plus revu ?

— Si : une fois. Dans ma maison d'édition.
Il avait un rendez-vous avec le patron pour son
livre sur les OVNI, qui s'est transformé en
livre sur les orphelins roumains, qui est finalement devenu un livre sur l'acupuncture, qui
n'a pas du tout marché.

— Oui, tu me l'as dit.

— Je t'ai dit qu'il avait touché un à-valoir énorme ?

— C'est quoi un à-valoir ?

— Une avance.

— Il n'y a rien d'étonnant, il était vachement connu.

— Attends, à l'époque il était encore à RTL.

— Un tas de gens écoutent RTL. C'est la radio la plus écoutée de France.

— Il a touché cinquante bâtons. Je le sais par la secrétaire du patron.

— Cinq cent mille francs !

— Tu te rends compte : avec son à-valoir, il pouvait avoir cinq filles comme toi.

— Vous vous êtes parlé ce jour-là ?

— Mon bureau est près de l'entrée. Je le vois passer. Il ne me dit pas bonjour. Je me lève, furax. La veille, je m'étais tapé un judoka.

— Déjà ?

— On ne s'était pas vus pendant une semaine. Moi, je ne peux pas rester plus d'une semaine sans baiser.

— Tu es beaucoup plus chaude que moi.

— Je sais.

— Moi, j'aime sucer, c'est tout.

— Je sors de mon bureau — mais il venait d'entrer dans celui du patron. Les animateurs de RTL, ça attend beaucoup moins que les écrivains, spécialement chez un éditeur. C'est aussi pour ça que j'ai quitté l'édition. Je trouvais que dans ce milieu on ne respectait pas les artistes. En plus, ils parlaient tout le temps d'argent. Moi, j'étais venue dans l'édition pour apprendre des choses nouvelles. L'argent, merci, je connais. Le rendez-vous ne dure pas longtemps. L'acupuncture, ça ne passionnait pas le patron, ni lui, ni le public d'ailleurs. Pourquoi a-t-il choisi un sujet pareil, grands dieux ! Il fallait vraiment que notre séparation l'ait tourneboulé !... Je le chope à la porte. Tu penses que je m'étais fringuée idoine, c'est-à-dire mini-mini-mini. Une petite veste de tailleur sous laquelle on distingue vaguement — tout est dans le vaguement, plus il y a de vaguement, plus il y a d'érection — un soutien-gorge noir. On reste une heure à la porte. Une heure, je ne te mens pas. On voit partir tout le monde ; pourtant, ils bossaient tard dans cette boîte. À la fin, la secrétaire du patron éteint les bureaux et nous demande si on dort ici. Il dit que oui. Je rigole. Elle dit que ce n'est pas possible et on continue notre conversation dans un café, en bas du bureau. Puis le café ferme. Je regarde ma montre : neuf heures. On venait de parler ensemble pendant quatre heures et je ne savais même pas de quoi. Ce qu'on se disait n'avait pas d'importance. On parlait pour rester ensemble, parce qu'on se désirait. Enfin, on va chez moi et là on baise, on baise, on baise. Il me prend par tous les trous, dans toutes les positions. On baigne dans le sperme, dans le foutre. Je suis sa chienne, il est mon gros cochon. On s'éclate. Au milieu de la nuit, il me propose de m'épouser. Je veux qu'il l'écrive. Les paroles ne restent pas, les écrits si. Il m'écrit une lettre de demande en mariage. Il se sert de mon dos comme écritoire.

— Lui et les dos. C'était son truc, le dos. Je me demande s'il n'était pas pédé.

— Dans ce milieu, ils sont tous pédés. Je te signale tout de même qu'il y a un tas de pédés qui baisent ensemble dans la position du missionnaire. Les missionnaires, pour commencer. Les pédés ne baisent pas tous en levrette.

— Comment font-ils ?

— Le passif est sur le dos, il relève les jambes et l'autre l'encule.

— Les Japonais font pareil.

— Tu t'es tapé un Japonais ?

— Oui. Pas toi ?

— Les Jaunes, je ne supporte pas. Ils ont une peau bizarre. Il faudrait me payer cher pour coucher avec un Jaune.

— Combien ?

— Tu vas encore dire que je suis raciste mais je ne vois pas pourquoi je me forcerais à coucher avec un Jaune rien que parce qu'il est jaune alors que c'est précisément ce qui me gêne chez eux.

— Pour dix mille francs, tu craquerais ?

— Bizarre que tu dises ça, c'est juste le montant de mon découvert. Mon découvert *permanent*.

— On peut la lire, cette lettre ?

— Je l'ai mise dans mon coffre de la Société Générale. De temps en temps, il trempait la plume de son Montblanc dans tout le sperme qu'il m'avait mis.

— Beurk.

— Ça m'éclatait.

— Dans cette lettre, il disait explicitement qu'il voulait t'épouser ?

— On ne peut plus explicitement.

— Dans ce cas, avec la lettre à l'appui, tu pouvais l'assigner bien avant.

— Non.

— Pourquoi non ?

— Parce qu'il était vivant !

— Justement.

— Non seulement il était vivant, en plus il était à RTL, et après à TF1. Je n'avais pas envie de me griller avec tout le milieu. Si je lui annonce que Poivre d'Arvor me fait la gueule, que Claire Chazal ne me prend plus au téléphone et que Christophe Dechavanne m'interdit la porte de son bureau, le directeur de la communication de Mitsubishi ne va pas être content.

— Ce n'est pas gênant, d'ailleurs, que tu n'aimes pas les Jaunes, pour ton travail à Mitsubishi ?

— Les Jaunes, je les aime dans les bureaux, pas dans les chambres, et à Mitsubishi, on travaille dans des bureaux, pas dans des chambres.

— La seule multinationale où il n'y a pas de harcèlement sexuel, tu as de la chance.

— Le lendemain matin, il partait pour Lübeck avec l'autre pute qui a fini de téléphoner. Il ne m'a jamais dit pourquoi. Je te préviens, je ne lui parle pas.

— Elle non plus, je pense.

— Pourquoi ne me parlerait-elle pas ? Je pue ? Ah, quel physique immonde elle a ! Typique cul de blonde.

– Ta mère va bien ?

– Non. Mal. De plus en plus mal. Elle a dit qu'elle allait me retirer ma procuration sur son chéquier. Tu disais quelque chose sur le cul des blondes ? Eh, je te parle. Elle est devenue sourde ?

– Non : elle refuse de te parler.

– Tant qu'elle ne me frappe pas, c'est OK.

– Je ne garantis rien.

– Qu'est-ce qu'elle a dit ?

– Qu'elle ne garantissait rien.

– Dans ce cas, abrégeons. Elle a la bande ?

– Oui, elle l'a.

– Alors, on l'écoute.

— On l'écoute ?

— D'accord.

— Quand tu étais au téléphone avec ta mère, j'ai eu un doute. Un jour, je suis sortie avec un serveur de la Pizza Pino. Assez bien monté mais pas vraiment à la hauteur intellectuellement.

— Un serveur de pizzas, qu'est-ce que tu veux...

— Ça se voit que tu n'es jamais allée aux States.

— Tu es allée aux States, toi ?

— Non, mais j'ai une copine qui y est allée et qui m'a raconté qu'elle avait rencontré plein de musiciens, d'acteurs et d'écrivains qui servaient dans les restaurants, notamment dans les pizzerias. Eh bien, le serveur avec qui j'ai couché, je me demande si ce n'est pas lui, là-bas.

— Le petit brun ?

— Non, l'autre à côté.

— Le gros ?

— Justement. C'est ça qui me perd. À l'époque, il n'était pas gros. Il avait les mêmes yeux mais il n'était pas gros. C'est peut-être pour ça qu'ils ne nous servent pas.

– Ça s'est mal passé entre vous ?

– Ça s'est bien passé mais ça s'est mal terminé. On a eu une de ces engueulades dans un hôtel de Nice. Il m'a traitée d'entôleuse.

– Lui aussi ?

– Je ne sais pas ce qu'ils ont les mecs en ce moment avec le fric. Pourtant, je n'ai jamais entôlé personne.

– Qu'est-ce qui lui manquait ? Une montre ?

– Une chevalière.

– Une chevalière, c'est impossible à enlever. Les types les gardent tout le temps.

– Lui, il l'enlevait. Ses doigts gonflaient pendant la nuit.

– Ah ouais ?

– Un matin, il se réveille, plus de chevalière. Qu'est-ce qu'il m'a mis ! J'ai dû rentrer à Paris en stop. Huit heures, ça m'a pris. Mon record. D'habitude, ça va beaucoup plus vite.

– Ça vous intéresse ou pas, ma bande ?

— Oui, ça nous intéresse, mais on attendait poliment que tu sois prête.

— Je suis prête — et dis-lui de ne pas m'adresser la parole.

— Elle t'a entendue.

— Je veux que tu lui dises.

— Tu es chiante.

— Je suis quoi ?

— Chiante.

— Si tu préfères, je repars avec la bande, et tu peux dire *ciaó* à la Cartier.

— Ne te fâche pas.

— Je ne me fâche pas : je pose mes conditions.

— Bon, OK : ne lui adresse pas la parole, s'il te plaît, ou alors on en a pour jusqu'à demain matin.

— Pas de problème.

— Ça, c'est le tout premier message... 16 mai 1990...

— *Bonjour, c'est Chose. Je ne sais pas quoi dire, sinon que je suis sous le charme de notre rencontre... C'est le chef du service littéraire qui m'a donné votre numéro. Il ne pouvait faire autrement : je l'ai menacé de ne jamais remettre mon manuscrit sur les OVNI, je veux dire sur les orphelins roumains. Rappelez-moi à la radio... Vite, vite, vite. À bientôt. Je vous embrasse. Au revoir.* Ciaó.

— Tu as remarqué : sur les répondeurs, les gens disent toujours plusieurs fois au revoir, sous des formes différentes.

— Qu'est-ce qu'elle dit, la pétasse ?

— Je suis d'accord pour ne pas lui adresser la parole mais il faudrait qu'elle reste polie.

— Vous êtes fatigantes, toutes les deux.

— Son deuxième message. Beaucoup plus rigolo. Ça faisait une semaine qu'il attendait mon appel. Moi, l'appeler à la radio ? Il rêvait ! Un type qui ne te donne pas son numéro perso, c'est un type qui vit avec une gonzesse et un type qui vit avec une gonzesse et qui en drague une autre, c'est une merde, et moi, je ne sors pas avec les merdes.

— Sauf si elles s'appellent Sean Connery.

— Sean Connery, mon idole.

— Elle veut me le piquer, celui-là aussi ?

— Elle sort avec Sean Connery ?

– Vous ne pourriez pas vous parler toutes les deux ? C'est épuisant de faire l'interprète, surtout dans sa propre langue.

– Tu sors avec Sean Connery ?

– Ta gueule.

– Tu vois, elle ne veut pas.

– 21 mai 1990, soit une semaine après le premier message...

– *Bonjour, c'est Chose de RTL qui vous parle. Une semaine sans vous, c'est sûrement moins dur qu'une semaine avec vous, mais c'est dur tout de même. Si avant d'aller à Deauville, on allait au Deauville ? Ce soir, dix-huit heures. Vous me reconnaîtrez facilement : je serai en train de lire le dernier roman de Philippe Labro.*

– C'est quand qu'il parle de la montre ?

– Plus tard.

– C'est bizarre quand il dit : « Une semaine sans vous, c'est sans doute... »

– « Sûrement... »

– « ... c'est sûrement moins dur qu'une semaine avec vous, mais c'est dur tout de même. »

— Pas dur : pénible. Elle n'a aucune mémoire.

— Les gens qui ont de la mémoire n'ont que ça. Les acteurs, par exemple. Ils ont de la mémoire mais qu'est-ce qu'ils sont cons ! Tu prends Depardieu. C'est le moins con des acteurs – et pourtant qu'est-ce qu'il est con !

— Je me tire. Elle me gonfle trop.

— Attends. Passe le message où il parle de ma montre.

— Je ne sais plus où il est.

— Continuons d'écouter la bande. C'est quoi le prochain message ?

— La montre, alors.

— Tu ne veux pas entendre la première demande en mariage, juste avant notre départ au Portugal ?... 13 juillet 1990 !

— *Avec ma précédente copine, j'ai fait tout mal, avec toi je ferai tout bien : j'ai donc décidé de t'épouser. Bises.*

— Ça, plus la lettre, ça va cogner au tribunal.

— Il exagérait. Il n'a pas fait tout mal avec

moi. Il m'a filé dix bâtons. En plus, on s'aimait.

— C'est ce qu'il dit, hein.

— Sur ton répondeur, pas sur le mien.

— Que dit-il sur ton répondeur ?

— Je ne suis pas assez maniaque pour garder les bandes, moi.

— La maniaque que je suis va tout de même sauver ta montre... 2 août 1990, à notre retour du Portugal. On était vachement bronzés, vachement beaux.

— *Salut, c'est Chose. Je te rappelais juste au sujet de cette montre que tu détestes et dont tu voulais que je me débarrasse. C'est impossible : elle ne m'appartient pas. La fille à qui je l'avais donnée me l'a rendue parce qu'elle ne m'aimait plus et je la porte en signe de deuil de notre amour. Quand le deuil sera passé, je la verrai et lui redonnerai la montre. Si entre-temps j'ai jeté ou vendu celle-ci, mon deuil ne pourra pas avoir de fin.*

— Bien chtarbé.

— Ouf.

— Tu es contente ?

— Je te remercie.

— De rien. Quand tu me connaîtras mieux, tu sauras que je suis une super-copine.

— Pourquoi dit-il toujours Chose ? Avec moi, sur le répondeur, c'était pareil.

— C'est le surnom qu'il se donnait.

— Pourquoi ?

— Dis-lui que je ne sais pas pourquoi.

— Elle ne sait pas pourquoi.

— Et on s'en fout.

— Elle dit aussi qu'on s'en fout.

— Merci, j'ai entendu.

— Faudrait savoir, je traduis ou pas ?

— Comme il ne dit jamais son nom, impossible de prouver que c'est lui. Peut-être même le faisait-il exprès.

— Exprès pourquoi ?

— Pour qu'on n'ait aucune preuve que c'était lui. Chose, ça peut être n'importe qui. Il se protégeait.

— Tout le monde reconnaîtra sa voix.

— Elle me parle maintenant.

— Oui, je te parle. Sa voix est connue dans

la France entière. *Parlons-en*, ça faisait 3,8 millions d'auditeurs quotidiens.

— Une voix, ça s'imite. Et si tu avais engagé quelqu'un pour imiter sa voix ?

— Dans quel but ?

— Avoir une partie de l'héritage.

— Toi, ta gueule : tu n'es pas mieux barrée avec ta Cartier.

— Car tu veux une partie de l'héritage ? C'est trop drôle.

— Non seulement je la veux, mais je l'aurai.

— Elle a une lettre où il la demande en mariage.

— Elle est signée de qui cette lettre ?

— Je ne l'ai pas vue. Elle l'a mise dans son coffre au Crédit Lyonnais.

— À la Société Générale. Vous n'avez aucune mémoire, toutes les deux.

— Il l'a signée ?

— Évidemment. Sinon je ne l'aurais pas gardée.

— Il l'a signée de quel nom ?

— Chose. Mais je crois qu'il y a un passage

sur la bande où il dit son nom... Le 2 septembre 1990...

— *Je l'aime plus que tout au monde et si tu organises quoi que ce soit contre elle je t'incendie dans ce milieu et...*

— Je me trompe. C'est un autre jour.

— Repasse ça.

— Merde.

— Repasse ça ou c'est mon poing sur la gueule.

— Je t'encule, pétasse.

— Avec quoi, vieux tas de merde ?

— Arrêtez toutes les deux, c'est lassant. Déjà qu'on n'a pas l'air bien vues dans ce restaurant. La prochaine fois, on ne pourra même plus franchir la porte.

— Tu repasses ça, sinon je me fais Le Lay et je l'oblige à descendre Mitsubishi sur la chaîne.

— Ouaf, ouaf.

— Tu ne m'en crois pas capable ?

— Ça, je te crois capable de tout faire, notamment avec ton cul.

— Remets-moi le 2 septembre.

— Après tout, si ça t'amuse... Ce n'est pas le 2 septembre, c'est le 3 octobre. La fin de notre liaison. La fin de mes espoirs.

— *Je l'aime plus que tout au monde et si tu organises quoi que ce soit contre elle je t'incendie dans ce milieu et dans tous les autres, en France et à l'étranger. Je ne laisserai à personne la possibilité de détruire mon amour pour elle, qui est immense et absolu, ainsi qu'éternel...*

— Il n'était pas pédant comme ça, à l'époque.

— L'amour, ça rend con.

— Je veux cette bande.

— Impossible : j'en ai besoin.

— Et moi aussi j'en ai besoin, pour garder ma montre.

— Alors qu'est-ce qu'on fait ?

— On va être obligées de rester copines. L'union fait la force. C'est ça quand on n'a pas de mari : on doit se serrer les coudes entre filles. Comptez sur moi : je vais tout organiser. On ira voir ensemble l'avocat de mon père.

— Tu me le repasses un coup ?

— Quoi ?

— Le passage où il dit qu'il m'aime.
— Ah non !
— Pense à Le Lay.
— Une fois, alors.
— Autant de fois que je voudrai.
— Non.
— Une fois, d'accord.
— ... *mon amour pour elle, qui est immense et absolu, ainsi qu'éternel... Salut, c'était Chose.*

ÉGALEMENT CHEZ POCKET

ALBERONI FRANCESCO
Le choc amoureux
L'érotisme

ARNAUD GEORGES
Le salaire de la peur

BARJAVEL RENÉ
Les chemins de Katmandou
Les dames à la licorne
Le grand secret
La nuit des temps
Une rose au paradis

BERBEROVA NINA
Histoire de la Baronne Boudberg
Tchaïkovski

BERNANOS GEORGES
Journal d'un curé de campagne
Nouvelle histoire de Mouchette
Un crime

BESSON PATRICK
Je sais des histoires
Nostalgie de la princesse

BOULGAKOV MICHAEL
Le maître Marguerite

BOULLE PIERRE
La baleine des Malouines
Contes de l'absurde
L'épreuve des hommes blancs
La planète des singes
Le pont de la rivière Kwaï
Le sacrilège malais
William Conrad

BOYLET T.C.
Water music

BRASILLACH ROBERT
Comme le temps passe

BRONTË CHARLOTTE
Jane Eyre

BRONTË EMILIE
Hurlevent

BURGESS ANTHONY
Orange mécanique

BUZZATI DINO
Le désert des Tartares
Le K
Nouvelles (Bilingue)

CARRIÈRE JEAN
L'épervier de Maheux

CARRIÈRE JEAN-CLAUDE
La controverse de Valladolid
Le Mahabharata
La paix des braves
Simon le mage

CHANDERNAGOR FRANÇOISE
L'allée du roi

DAVID-NÉEL ALEXANDRA
Au pays des brigands gentils-
   hommes
Le bouddhisme du Bouddha
Immortalité et réincarnation
L'Inde où j'ai vécu
Journal
   tome 1
   tome 2
Le Lama aux cinq sagesses
Magie d'amour et magie noire

Mystiques et magiciens du Tibet
La puissance du néant
Le sortilège du mystère
Sous les nuées d'orages
Voyage d'une Parisienne à
    Lhassa

DENIAU JEAN-FRANÇOIS
La désirade
L'empire nocturne
Le secret du roi des serpents
Un héros très discret

FITZGERALD SCOTT
Un diamant gros comme le Ritz

FRANCE ANATOLE
Crainquebille
Le crime de Sylvestre Bonnard
Les dieux ont soif
Histoire contemporaine
    1. L'Orme du Mail
    2. Le Mannequin d'osier
    3. L'Anneau d'améthyste
    4. M. Bergeret à Paris
L'île des pingouins
Le livre de mon ami
Le lys rouge
La révolte des anges

FRANCK DAN/VAUTRIN JEAN
La dame de Berlin
Le temps des cerises

GENEVOIX MAURICE
Beau François
Bestiaire enchanté
Bestiaire sans oubli
La forêt perdue
Le jardin dans l'île
La Loire, Agnès et les garçons
Le roman de Renard
Tendre bestiaire

GRÈCE MICHEL DE
Le dernier sultan
L'envers du soleil – Louis XIV
La femme sacrée
Le palais des larmes
La Bouboulina

HERMARY-VIEILLE CATHERINE
Un amour fou

HUGO VICTOR
Bug-Jargal

JACQ CHRISTIAN
L'affaire Toutankhamon
Champollion l'Egyptien
Maître Hiram et le roi Salomon
Pour l'amour de Philae
La pyramide assassinée
La reine soleil

JOYCE JAMES
Les gens de Dublin

KAFKA FRANZ
Le château
Le procès

KAZANTZAKI NIKOS
Alexis Zorba
Le Christ recrucifié
La dernière tentation du Christ
Les frères ennemis
Lettre au Greco
La liberté ou la mort
Le pauvre d'Assise

KESSEL JOSEPH
Les amants du Tage
L'armée des ombres
Le coup de grâce
Fortune carrée
Pour l'honneur

LAWRENCE D.H.
L'amant de Lady Chatterley

LÉAUTAUD PAUL
Le petit ouvrage inachevé

LEVI PRIMO
Si c'est un homme

LEWIS ROY
Le dernier roi socialiste
Pourquoi j'ai mangé mon père

LOTI PIERRE
Aziyadé
Pêcheur d'Islande
Ramuntcho
Le roman d'un spahi

MALAPARTE CURZIO
Sodome et Gomorrhe
Une femme comme moi

MAURIAC FRANÇOIS
Le romancier et ses personnages
Le sagouin

MIMOUNI RACHID
De la barbarie en général et de
    l'intégrisme en particulier
Le fleuve détourné
Une peine à vivre

NIN ANAÏS
Henry et June

PEREC GEORGES
Les choses

QUEFFELEC YANN
La femme sous l'horizon
Le maître des chimères
Prends garde au loup

SAGAN FRANÇOISE
Aimez-vous Brahms..
Avec toute ma sympathie
Bonjour tristesse
La chamade
Le chien couchant
Dans un mois, dans un an
Les faux-fuyants
Le garde du cœur
La laisse
Les merveilleux nuages
Musiques de scènes
Républiques
Sarah Bernhardt
Un certain sourire
Un orage immobile
Un piano dans l'herbe
Les violons parfois

SALINGER JEROME-DAVID
L'attrape-cœur

STOCKER BRAM
Dracula

STRINDBERG AUGUST
Mariés !

TARTT DONNA
Le maître des illusions

TROYAT HENRI
L'araigne
La clé de voûte
Faux jour
La fosse commune
Grandeur nature
Le jugement de Dieu
Le mort saisit le vif
Les semailles et les moissons
    1. Les semailles et les mois-
       sons
    2. Amélie
    3. La Grive

4. Tendre et violente Elisabeth
5. La Rencontre
Le signe du taureau
La tête sur les épaules

VIALATTE ALEXANDRE
Antiquité du grand chosier
Badonce et les créatures
Les bananes de Königsberg
Les champignons du détroit de Behring
Chronique des grands micmacs
Dernières nouvelles de l'homme
L'éléphant est irréfutable
L'éloge du homard et autres insectes utiles
Et c'est ainsi qu'Allah est grand
La porte de Bath Rahbim

*Achevé d'imprimer en octobre 1996
sur les presses de l'Imprimerie Bussière
à Saint-Amand (Cher)*

POCKET - 12, avenue d'Italie - 75627 Paris Cedex 13
Tél. : 44-16-05-00

— N° d'imp. 2161. —
Dépôt légal : novembre 1996.
Imprimé en France